文芸社セレクション

白いひすいの虎

ジュリー・ローソン 著
川上 正子 訳

文芸社

目次

白いひすいの虎

著者のノート

「白いひすいの虎」は、若い読者向けに書かれた読み物で、学術的なものではありません。けれど、一八八〇年から一八八五年にかけて、カナダ大陸横断鉄道（ＣＰＲ）が建設された時に、フレイザー渓谷で実際にあった出来事を基にしています。全ての記述は、歴史的に正確であるように気を付けましたが、もし間違いの個所があれば、それは全く私の過失によるものです。物語を進める上で、鉄道の建設日程や幾つかの出来事は実際より早くなっています。

例えば、リットンで起きた暴動は一八八二年九月ではなく、一八八三年五月に起きました。でも、暴動そのものは本に書かれている通りなのです。又、中国人労働者の死について書かれた、イエールセンティネルの記事は、本書の中では一八八二年九月となっていますが、実際は一八八三年二月に出されました。

シナ人、セレスティアル、ジョンといった差別用語は、この時代には一般の市民と同様、新聞や政治家によっても、普通に、頻繁に使われていました。そうした言葉は、この時代を描くものとして、この物語の中で登場人物の何人かによって使われています。中国人労働者は、主に米とミンチにした鮭を食べていました。そして、新鮮な肉や野菜の不足から、絶えずビタミン欠乏症にかかっていました。特に、一八八二年から八三年にかけて壊血病が蔓延し、一八八三年に入っても敗血症による死亡が続きました。

ウイリアム・アービングというのは、かつてフレイザー川を行き来した船の中で一番大きな船尾外車汽船でした。船に関する記述は正確ですが、物語上、ウイリアム・アービングは、ビクトリアからイエールまでを航行していたことにしてあります。ビクトリアのフィスガード通りとパンドラアベニューを結ぶ、長くて狭い通りは、ファン・タン・アレイ、として、中国人に知られていました。一九一〇年代には、そこで幾つかの賭博場が開かれていました。一八八一年にジャスミンが入り込んだ部屋は、わたしが創造したものです。けれど、その場所にそのようなところが存在していた、ということはあり得ることなのです。一八八〇年代には、中華街で幾つかのアヘンの工場が操業していました。アヘンの取引は一九〇八年まで合法でした。

クラスの野外授業は、『若者が、初めてビクトリアの中華街を発見し、中国文化のある側面に接し、それにかかわっていく』という設定で書かれています。中国文化を、「こうです」というように断定的に描こうとしたものではありません。

一九九〇年には、ＶＩＲ鉄道がカナディアン号で一般の乗客を運ぶことをやめましたが、代わりに、ＣＰＲが運営するカナディアン号がフレイザー渓谷を通っています。線路は幾つか取り換えられ、大抵の橋は取り換えられたのですが、元々の軌跡の大半は、今でも渓谷に貨物を運ぶ列車によって使われています。

中国文字のローマ字化については、現在の場所の名前は、現在使われている様式と同じように、ローマ字表記を用いました。例えば、Beijing（北京）、Guangdong（広州）のように。北アメリカにいた初期の中国人は、広東人や台湾人のように、南部中国語の方言を話していました。ですから、gung hey fat choy（繁栄と幸福がありますように）、Gim Shan（金の山）、lai see（お年玉）のような名前や、よく使われる表現にはローマ字表記に換えないで広東語を用いました。それは、主に、私自身や私の読者の都合が良いようにと、そうしたのです。

「白いひすいの虎」というアイディアは、もともと、私が見つけた、虎の姿に彫られた白いひすいのお守りの飾りから思いつきました。白い虎は、西洋の人々に神秘的な動物とされています。このお守りは、実際には、漢王朝（BC二〇六～AD二二一）のものですが、この話では、それより早い、秦王朝（BC二二一～二〇六）の時代にしてあります。ごく初期の時代には、ひすいは、極東では貴重な石で、象徴的で不思議な力を持つものとされていました。けれども、この話の中での、白いひすいの虎が持つ魔力は、私自身が創造したものです。

歴史について

最初の中国人は、一八五八年に、フレイザーやカリブーの金に魅かれて、カリフォルニアからブリティッシュコロンビアにやってきました。早くも一八六〇年には、彼らに対して税金をかける法案が検討されていました。一八六〇年代から七〇年代に、反中国人感情が急速に大きくなっていき、一八七八年には全ての公職から中国人を締め出す法案が通りました。政治家は選挙が大事で、反中国の姿勢は選挙に有効だったのです。

けれどもブリティッシュコロンビア州の全ての住民にとって、海から海まで、カナダを結ぶカナダ大陸横断鉄道（ＣＰＲ）が必要でした。ですから、もし中国人がいなければ建設できないということなら仕方がない、としぶしぶ中国人を受け入れました。

一八八〇年から一八八五年には、ＣＰＲの建設の仕事をする為に、何千人もの中国人がやってきました。フレイザー渓谷での鉄道建設のピーク時には八千人程の中国人が雇われました。その五年間で、千五百人が死亡したと推定されています。

中国人に対する法律はこの時代から次の世紀までずっと続きました。多くの市民の側にあった反中国人感情も同様でした。そうした差別にもかかわらず、中国人の存在は、着実に大きくなり、カナダの社会という一枚の布に、欠くことのできない、豊かな糸となっていきました。

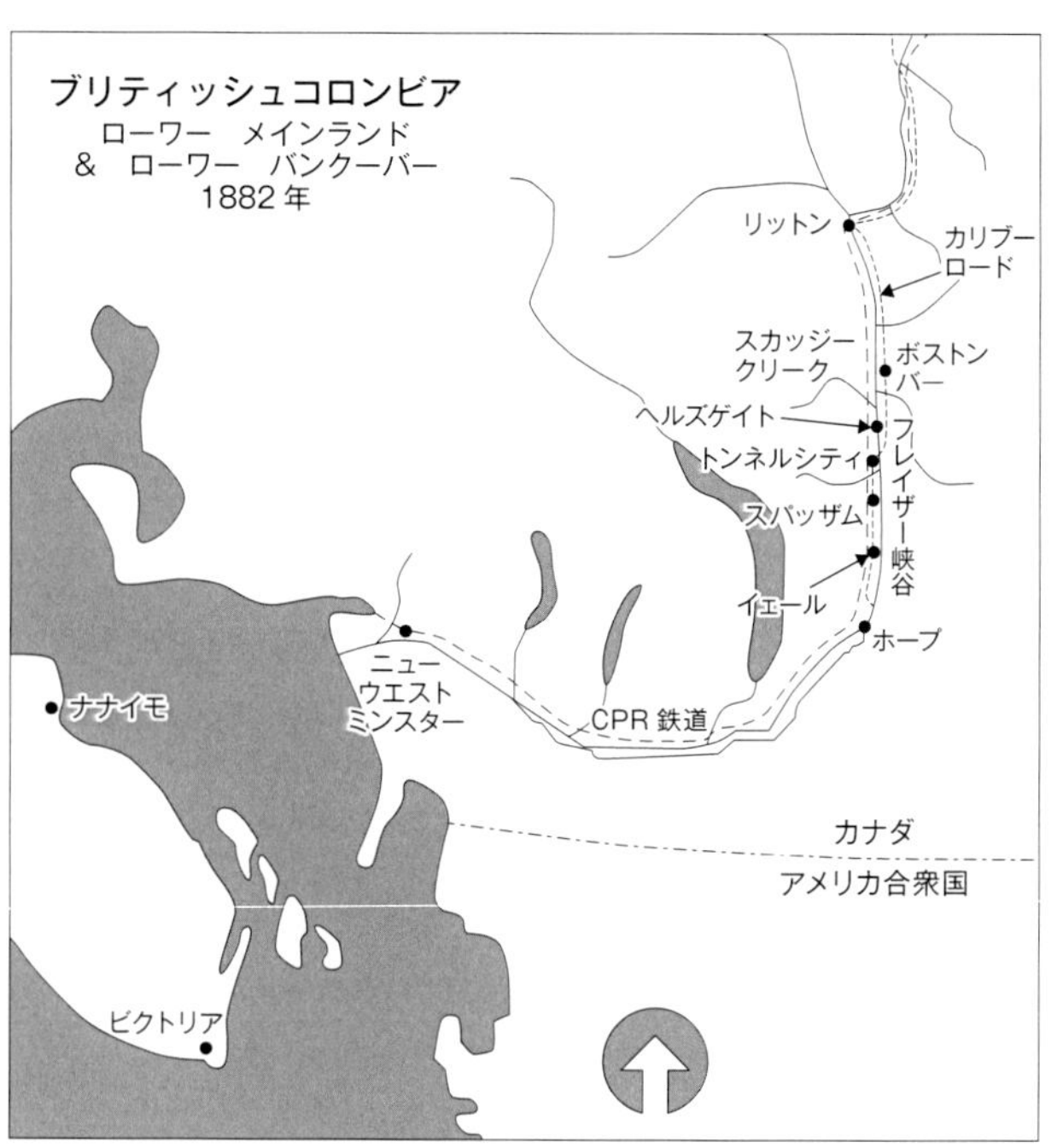
ブリティッシュコロンビア
ローワー　メインランド
&　ローワー　バンクーバー
1882 年
リットン
カリブー
ロード
スカッジー
クリーク
ボストン
バー
ヘルズゲイト
トンネルシティ
スパッザム
フレイザー峡谷
イエール
ホープ
ニュー
ウエスト
ミンスター
CPR 鉄道
ナナイモ
カナダ
アメリカ合衆国
ビクトリア

第一章

「走れ！　ジャスミン！」

突然の緊張で胸が締め付けられ、彼女の心臓は恐怖でバクバクした。

「走るのよ！　振り返らないで！」

でもその警告は遅すぎた。突き刺すような黄色い光が暗闇から躍り出て、白いものが彼女に向かって飛びかかった。叫ぼうとしたけれど、のどのあたりで声が詰まってしまった。それから全くの暗闇。圧迫感。湧き上がる恐怖。まるで生き埋めにされているような。

「走れ！」

彼女は自分の身体を麻痺させている力をはねのけようともがいた。動くことさえ出来れば……。

「アイ――」という叫び声でジャスミンは目が覚めた。

しばらくの間、自分がどこにいるのか、自分が何者であるのかさえ分からなかった。それに、叫んだのは誰なのだろう。確かにあれは自分の声ではなかった。

彼女は長い間そのまま横になって、繰り返し見る悪夢がどういうことなのか考えようとした。その夢が始まってから、声はだんだん近くなっていた。誰かが、彼女に連絡しようとしている。そして、その声はだんだん近づいてきていた。

「私に二つ。ボウルに一つ」

ジャスミン・スティールは湿った地面にひざまずいて、うれしそうに最初の収穫のイチゴをつみ取った。イチゴ作りは、彼女が最初から計画したことだった。

「二人は何にもしなくていいわよ。私が全部やるから！」

彼女は、両親が庭いじりは大嫌いなことを知っていた。だから、苗を買うことから鹿よけの作業まで、すべて彼女一人でやった。地面を掘り、植え、草取りをし、水をまいた。その結果ふっくらした、みずみずしくて、甘い、完璧なイチゴが実った。

「完璧な十個だわ」

もう一つ、口に入れて、彼女は考えた。

「今日の日みたいに」

だから、また悪夢を見たとしても、朝までには何を残っていなかったし、何にも覚えていなかった。雨の日でも構わない。雨は、夏の匂いをもたらした。野バラ、新鮮なカットグラス、かつてないほど上等のイチゴ。彼女はもう一つ、口に投げ入れた。夏休み迄たったの三週間だった。普通の子供としての最後の夏。七か月したら、彼女はティーンエイジャーになるのだ。今日のこの完璧な十個の日は木曜日だった。彼女は、ジーンズを手で払い、ボウルを取り上げ、口ずさみながら家に入った。

「タ・ダー」

彼女はテーブルにイチゴを置き、お辞儀をして「拍手は待ってね」と言って、電話のところに走っていった。

「誰に電話をしてるの？」と母親が聞いた。

「朝ごはんが済むまで待てないの？」

「クリスタとベッキーよ、ちょっと念を押しておきたいことがあるの」

「十分もしたら会えるのに」

大げさにため息をついて、ヘザー・スティールはもう一杯、コーヒーを入れた。

「見ててご覧なさい。電話を切ったらすぐ太極拳のことを言って、夕食には遅れるって言うわよ」と母親が言う。

「この六か月、毎週火曜日と木曜日には同じことを言っているのよ」

マーティン・スティールは笑って、「その通りだね」と言い、イチゴをほおばった。

「うーん、良く熟れていて、うまい！」

「絶対美味しいに決まっているわよ。ジャスミンが作ったんだから！」

「今年の冬はジャスミンに何を植えてもらおうかな。トウモロコシとか、豆がいいかな。考えていたらつばが出てきたぞ。彼女は野菜作りの名人だ」

　ヘザーも同じ意見だった。

「あの子は、いったんやると決めたら、何でもやる子よ」

　ジャスミンはスキップして戻り、椅子に滑り込んで座った。

「忘れないでね、ママ。放課後は太極拳があるから、夕食は遅れるわ」

　彼女はイチゴの入ったボウルをコーンフレークでいっぱいにした。

「クリスタとベッキーはどうなの？　あの子たちのスケジュールも、あなたが決めたの？」

「そうよ。私達、休憩時間とランチの時に劇の練習をするの。ホットドッグのこと念を押したのよ。私のは、入れてくれた？」

「リュックサックに入っているわよ」

「買い物に行くのなら、チョコチップクッキーがなくなったし、リンゴは二つしか残ってないわ」

　彼女はトーストの一枚に、ピーナッツバターを塗り、リンゴのスライスをその上に乗せ、更にイチゴを上にかぶせた。

「おいしい！　パパ、一口食べたい？」

「いらないよ、とんでもないサンドだね」

「味音痴なんだから」

彼女はからかって言った。

「食べてみなければ分からないでしょう。試してみるまで判断してはいけないって言うじゃない」

「学校へ行く時間じゃないのかい？」

「心配しないで。ちゃんと分かっているから」

彼女は、トーストの残りを急いで口に入れ、お昼の弁当と宿題をリュックサックに押し込み、それから手の甲で口を拭き、両親の頬にキッスをして、ドアの方に走っていった。

「行ってきまーす！　イチゴ全部食べないでね」

「気を付けるのよ。道が滑りやすいから」

母親はジャスミンの背後から声をかけた。

「大丈夫」

ジャスミンは道を駆け下りながら考えた。今日は何も悪いことは起こらないわ。木曜日の太極拳のある日はね。でも来月、授業が終わったらどうなるのかしら。

そう、彼女は、自分でやってみなければならないことがあったのだ。そして、他にも計画していることがいっぱいあった。川で泳ぐこと、海辺のキャンプ、少なくとも週一回のお泊まり。彼女の誕生日に間に合うように、母がやっているキルト作りを手伝うこと、それに今年の夏はもうすぐ十三歳になるので、バスでビクトリアへ行ってもよいことになっていた。彼女は、友達と、映画やモールに行ったり、スークのような田舎ではできないことを全部するのだ。

「ハーイ！　クリスタ！　ベッキー！」

彼女は友達が待っている角の所をぐるりと回った。

「トウモロコシとか、そういった種を植えるのは遅すぎるかしら」

「遅すぎないと思うわ。どうして？」

「庭に何か植える壮大な計画をしてるの。手伝いたい？　かぼちゃもいいわね。案山子を作って……」

学校へ行く間中、彼女たちは意見を出し合い、あまり熱中していたので、細かく降る雨も気にならなかった。自転車置き場に自転車を駐める頃には、金魚の池と一晩中ケロケロ鳴くカエルのいる、すごく大きな庭ができていた。

「来ない？」

三時になると、ベッキーが聞いた。

「ダメ、これから……」

「太極拳だったわね！」

クリスタがベッキーを見て笑った。

「もう覚えてもいい頃よね」

「一緒にやるといいのに。すごくいいわよ」とジャスミンが言った。

「私達と空手をやればいいのに」

「ダメよ」

ジャスミンがニヤッと笑った。

「私たちみんなが、例えば、太極拳を始めたら、あなたは空手に変わるでしょう。あなたって、ほんと反体制的なんだから！」

「そうね。それが自慢よ。じゃ、明日ね。それと庭のこと忘れないでね」

ジャスミンは長い黒色の髪をフードの中にたくし入れ、自転車のところに向かった。

朝の細かい雨は、いつもの西海岸のどしゃ降りに変わっていて、道はかつてない程滑りやすかった。彼女は、太極拳のクラスに行くため、水たまりも無視してスピードを上げた。

「自分をコントロールしなさい」

　先生がいつも言っていることだ。

「怒りに身を任せてはいけない。覚えておくのだ。自分が危険な時以外には、決して、他の人に太極拳を使ってはいけない。相手の弱いところを探すのだ。例えば、その人の立っている立ち方だとすると、その人をつかんで、バランスを崩させるのだ」

　ジャスミンは、一つ一つの言葉を反芻していた。内なる力とは、自分自身のエネルギーに気づき、それを使いこなすことだ。内なる力を得るためには下腹に意識を集中しなければならない。なぜなら、そこが力の源だからだ。覚えておくのだ。太極拳では、陰と陽が調和を保って働いている時に、精神が身体と調和しているのだ。型の動きを通してやりながら、ジャスミンは、自分の内なる力について考えた。彼女は自分がそれを持っていると確信した。一息ごとに、それが身体を流れていくのを感じることができた。

「自分の前に全世界を持っているように、腕を広げなさい。下の方に腕を曲げて、この宇宙全てを掬い上げるのだ。背中をまっすぐにして、膝を曲げなさい。エネルギーを胸まで押し上げなさい」

　ジャスミンは、肘を落とし、手首をまわし、エネルギーを下腹に導いた。彼女はとても集中していたので、ドアが開く音も聞こえなかったし、先生がドアの方に行くのも目に入らなかった。肩をたたかれた時、彼女は飛び上がった。

「お父さんだよ。話があるそうだ」

ジャスミンはスキップしてドアのところに行き、父に新しい動作を見せようとした。けれど父親の表情を見たとたん動きをやめた。

「どうしたの？　お父さん」

「母さんが……」

父は、のどが詰まったような声を出した。彼女に腕をまわし、抱き寄せた。

「事故にあったんだ」

ジャスミンはどうにかクラスを出て、階段を下り、車に乗った。

「車を運転して、家に帰るところだった」

父の声がしていた。

「道路がとてもつるつるしていて、カーブで滑って木に突っ込んだんだよ」

父は口を閉じ、呼吸をコントロールしようと懸命になっていた。

「車から助け出した時は、意識がなかったけど、生きていたんだ。だが病院まではもたなかった」

ジャスミンは雨が流れ落ちる窓からじっと外を見つめた。父の言葉はほとんど聞こえなかった。言葉は紙の切れ端のように意識から遠く離れて飛んでいった。

「父は何を言っているのだろう？　お母さんが死んだ？　うそ！　そんなはずない！」彼女は叫びたかった。大声で打ち砕き、全てを、以前あった通りに戻したかった。

「そんなはずないわ！」

彼女は麻痺したように繰り返した。彼女の身体は圧倒されるような痛みで震えていた。彼女は、自分の深みから離れ、掴まるものは何もなく、底に着くかどうかもわからないまま、そして、浮き続けている力すら全く残っていない状態で、ゆっくりと沈んでいった。そして、その夜、あの夢が、又、始まった。

第二章

ブライトジェイドは、池のそばに一人座って、水に映る月を見つめていた。月の女神の姿を捉えようとしたけれど、風が絶えず水面に、さざ波を立て、その姿を粉々にしていた。

彼女は空を見上げた。そこには、月が銀色の硬貨のように浮かんでいた。まだ月の女神を見ることはできなかったけれど、ウサギがカッシアの木の下で、不死の霊薬のエリキシルを作っているのが見えた。

ブライトジェイドはため息をついた。永遠の命！　どうやって、人はそれを手に入れることができるのだろう。月はあんなに遠くにあるのに、この彼女の足元に、今、鮮明な月の姿があるのだ。風にも損なわれないで。彼女がほんの少しかがめば池に落ちて、月に着くことができるかもしれない。

その時が近づいていることを彼女は知っていた。皇帝は、自分の治世は一万年続くと信じていたけれど。偉大なる王！　彼女は苦々しい思いで考えた。天の息子である秦の始皇帝は、あまりにも永遠の命に執着し、六千人の若い男女を東方の海に遣わし、不死の島を探させた。その魔法の島は見つかったのだろうか？　そこに生えているという霊薬、エリキシルを彼らは見つけたのだろうか？　その子供たちのことを誰も知らない。再び聞いた人も、見た人もいないのだから。

そして壮大な城壁、万里の長城の石の下には、何千という人が埋められていた。若い人、年寄り、兄弟、夫、父親、そして息子たち、その人たちの汗は、モルタルと一緒に混ざり合って石をくっつけている。死者たちは、まっとうな埋葬を拒まれて、その魂は休息することなく永遠に封印されている。死者の骨は城壁の一部となり、それは、世界最長の墓場であった。

ブライトジェイドは身震いした。彼女は皇帝のお気に入りだった。それゆえ皇帝は、彼女に、自分の死後の王国への伴をするように命じた。その王国で、皇帝は身体が死んだ後もずっと統治することになっていた。

その王国のことを考えると、彼女は身体が震えた。何千、何万という農夫が、その一生涯を働き、地中深くに宇宙を作ったのだ。川や海、月や星のある完璧な宇宙を。この地中の世界に、宝石、金、ひすいといった王の御物と共に、王に仕える美しい女たちに囲まれた、皇帝の支配する棺の間があった。

この天上の王国を守るため、皇帝は、生きている人間と同じ大きさのテラコッタの兵士の軍隊をこしらえた。何千人もの弓使い、戦車を引くもの、将軍、全員が甲冑をつけ、重装備して、皇帝の墓を取り巻く巨大な通路で守りについている。

墓の内側には、巧妙に仕組まれ、巧みに隠された仕掛けがしてあることをブライトジェイドは知っていた。中に入った者全員を射抜くための石弓が仕掛けられていて、一旦墓が閉じられると、その秘密を知る職人たちは、中に閉じ込められ、彼らの口は永久に閉じられることになっていた。そして、その時が間もなく来ることを彼女は知っていた。

月は、さざ波の立つ池の暗い水の上に浮かんでいた。ブライトジェイドは身をかがめた。彼女が水面に触れたとたん、月は銀色の光のかけらになって粉々に散らばった。その時、彼女は自分を見つめる目を感じた。ゆっくり振り返ると、月の門に縁どられた一つの姿があった。一人の老人だった。

ジャスミンは驚いて目が覚めた。彼女の夢の中のこの人は誰なのだろう。彼女はその女の人を知っていた。彼女の考え、気持ち、そして、彼女の記憶も。でも、どうしてだろう？　中国とどんなつながりがあるのだろう、太極拳以外に。

突然、行ってらっしゃい、と手を振っている母の姿が見えた。

「気を付けるのよ。道が滑りやすいから……」

苦痛を締め出すために、彼女は夢の中へ戻ろうとした。それが忘れるための唯一の方法で、たった一つの救いだった。影のようにぼんやりとした姿であったとしても。

ブライトジェイドは、びっくりして立ち上がりかけた。

「恐れることはない！」

その老人は、彼女の方へ身をかがめて、ささやいた。老人の長い、緩やかなローブは肩のところからゆったり下がっていて、首と腰から揺れているお守りのアムールがカタカタと音を立て、きらめいていた。小さな動物の頭蓋骨、石、骨、ひすいのかけら、小さな銅の鈴、そして亀の甲羅や虎の爪が。

「お前は庭師の私を知っておろう。そして、わしはお前のことを知っておる。ブライトジェイドよ」と彼は言った。

彼女はうなずいた。彼女は、その老人が鯉に餌をやったり、桃の木の手入れをしたりしているのを見たことがあった。どのような天候の時にも、彼は身につけているアムールをやわらかくカタカタと鳴らして、庭の中を出入りしていた。その人は、何か不思議な老人であった。魔術を使う者ではないかと恐れる人もあり、又は、優れた預言者だと考える人たちもいた。魔法の呪いをかけ、呪文を唱えるのを聞いたという者もいた。皇帝自身が、彼に不死に関する問題を相談したと言われていた。けれど、ブライトジェイドは、その人をただ、庭師で、温かい笑顔と鋭い眼をした老人、として知っているだけであった。

今、彼女はその温かい目を探した。どうして夜こんな遅くにいるのだろう、そして、どれくらい長い間彼女を見ていたのだろうと思いながら。

「お前が、不死の霊薬を探しているのが分かるほど長くじゃ」と、彼女の口に出されなかった疑問に答えて、彼は言った。

ブライトジェイドは顔を赤らめた。

「そんなことを考えるなんて、私が愚かでした」

「それでもお前は考えずにはおれない」

老人は微笑んだ。

「それが悪いことか？　誰もが永遠の命を願っておる。お前はそれを手に入れるであろう。お前が想像するのとは違う方法で。そして、それは、今でも、ここ、でもないがの」

老人は彼女に小さな袋を渡した。

「時が近づいておる。袋の中に革ひものついたひすいのお守りが入っておる。その魔法がこの世と次の世でお前を守ってくれるであろう。心臓の近くに身に着けて、決して離してはならぬ。もし、他人の手に渡ったら、その者に、呪いをもたらすからじゃ

──それを持つもの、その子供たち、そして、その子供の子供たちに。白いひすいの虎が再び眠るまで、その呪いは終わることはないのじゃ」

ブライトジェイドは袋からお守りを取りだした。それは虎の形に彫られていて、身構え、今にも飛びかかろうとしていた。ひすいは、白い色をしていて、ほとんど透明だった。それは彼女の両手の中で、月の光のように揺らめき光っていた。

「どうして私に下さるのですか？」

彼女は、それを首からつけながら老人に尋ねた。

「お前の中に光があるからじゃ」と彼は言った。

「遠くまで輝く光がな」

ブライトジェイドはその言葉の意味が分からなくて、顔をしかめた。

「そして、その虎は、どのように私を守ってくれるのですか？」と聞いた。

「時が来たら分かるであろう」

その言葉と共に、老人は消えてしまった。

そして、今、その時が来た。ブライトジェイドと他の者たちは、墓まで、亡くなった皇帝の伴をするよう命じられた。一人ずつ地中への階段を下り、戦士たちの通路の間を通っていった。

ブライトジェイドは、弓や戦車の長い列を通り過ぎた。心の秘密まで読み取ることができる程、まるで生きているような彼らの目を感じながら。彼女は、彼らの内側に彫られた圧倒的な力に身体が震えた。彼女の心臓のすぐ近くに付けている虎のように、すぐにでも飛びかかってくるような感じがした。

通路の先端にたどり着き、皇帝がとこしえに統治することになっている天上の王国に入り始めた。ブライトジェイドがへアピンを直すため立ち止まっている間、他の者たちの姿が消えていった。最後の一人が通り過ぎると、ブライトジェイドはガウンの内側に手を入れ、お守りを握った。

地中深くから霧が湧き起こり、彼女は薄い紫色の煙に包まれた。夢の中にいるように、彼女は自分がだんだん上空に昇っていくのを感じたが、やがて分からなくなった。

＊＊＊

それから、いつとはなく時が経っていった。寂しく夏が過ぎ、カサコソと秋が過ぎ、一月に突入し、ジャスミンの十三歳の誕生日に間に合わせるように、雪になった。

「この日が来るのを待っていたんだろう？　本当に、パーティーをして欲しくないのかい？」と父親が言った。

「本当よ！　本当は……」と言いかけて、彼女はやめた。

「本当に、何にもいらないの」

ただ、もう一度以前のような気持ちになりたいだけだった。

夢は救いだった。わけの分からないことや、悪夢のようなものが混ざり合っていたけれど、それらは大抵、当初そうであったように、はっきりと鮮明になった。彼女は不思議なくらいブライトジェイドに魅かれた。そして夢が始まると、彼女はそれらを避難所として歓迎したのだった。

第三章

「ラザニアだわ！」

玄関の戸を開けたとたん匂いがした。彼女は台所に飛んで入ると、深く息を吸い込んだ。肉とガーリックとトマトソース、それに、モッツァレラの美味しそうな匂いが身体中にしみ込んだ。

「私の好きなやり方ね、ちょっとシナモンを加えた、でしょう？」

父親は、ニヤリと笑った。

「その通りだよ。全く、お前をしっかりしつけたもんだね」

ジャスミンはフランスパンの一切れをかじった。オーブンから出したばかりで、まだ温かかった。

「外側はカリッとしていて、満点よ、パパ」

彼女は残りを口の中へ放り込み、目を閉じてじっくり味わった。

「ウウーン、もっと食べたい」

「食事の用意ができるまで駄目だよ。それもしつけただろう？」

「わかった、わかったわよ。ロウソクがいるわね。持ってきましょうか？」

「そうだね。赤いのを持ってきてくれ——居間にあるから。配膳棚の一番上の引き出しだよ」

ジャスミンは、口ずさみながら引き出しを開け、ロウソクを取り出した。ロウソク立てに手を伸ばした時、**パシフィック・トラベル**という文字のある新しい封筒に気づいた。その口を開けて中をのぞくと、飛行機の切符だった！　上から旅行日程がタイプされた一枚の白い紙があった。日付、時間、バンクーバー、上海、北京……これって中国の場所じゃない？　便名、荷物のこと……。

「夕食の用意ができたよ。ロウソクはあったかい？」

「今、行くわ」

急いで引き出しを閉めたけれど、彼女の心はくるくる回り、混乱していた。私達、旅行に行くんだわ。だから、あんな豪華な食事をするのね。私たちの夏休みについて重大な発表をするつもりなのね……ちょっと待って。火のついたマッチを手に持ったまま、彼女は急に止まった。彼女が見た日付は二月になっていた。

「えー！」

「手を貸そうか？」

彼女の父親は新しいマッチをすり、ロウソクに火をともした。

「さあーお座りください」

彼はもったいぶった口調で言った。

「ありがとうございます」

彼女は反射的に答えた。父親の自慢のフランスパン、彼女の好物の、ほうれん草パスタのラザニア。自家製のドレッシングのかかったグリーンサラダ。そして、デザートは……。

「パパ、もしかして、デザートはラズベリームース？」

ラズベリームースはいつでも彼女のお気に入りだったけれど、特別な時だけしか食卓に出なかった。

「ジャスミン」と彼は微笑みながら言った。

「お前は本当に私のことをよく知っているね」

「まぐれよ」

でも、実際、彼女は父親をよく知っていた。父親が、何か隠し事をしていることが分かる程。二月のウイークデーに、ラズベリームースとラザニアですって？　そんな豪勢な食事は一か月前の彼女の誕生日以来のことだ。これには何か理由があるのだ。彼女はあの旅行の封筒がカギだと思った。彼女はしばらく父親に調子を合わせていた。その時が来たら何か言うだろうと思って。

「学校はどうだった？」

「最高よ」

ジャスミンは急いでラザニアをもう一口食べて、言った。

「ラザニアのことよ。でも学校も悪くないわ。今、中国について勉強をしてるの。世界の人口の四分の一が中国に住んでいるって知っていた？　私達、中国の民話を影絵の人形でやるのよ。私のグループはドラゴンについての話をやるから、私は、川や、パゴダ、雨雲といった背景を全部作っているの。私達、必要なものを全部紙から切り抜いたところなの。色はセロハンを貼って、光を通す……」

「待ちなさい！」

父親は笑った。

「お前が話し始めたら、誰も止められないね。食事が冷めてしまうよ。ほら、もう少しパンを食べなさい」

「ありがとう」と彼女は言って四枚目を取った。

「でも聞いたのはパパよ」

「そうだったね」と彼は言った。

二人はしばらく黙って食事を楽しんだ。時々ジャスミンは顔を上げて、父親の目を見た。彼はウインクし、にっこりした。

「ミセス・バトラーみたい」

彼女は言った。

「どういう風に？　私のように口ひげがあるのかい？」

「ないわよ、馬鹿ね。いつもウインクするのよ」

「なるほど」

「彼女のウインクは好きだけど、パパのはもっといいわ。最近は、以前よりもよくウインクしてくれるわね」

「それって、どういうことだい」

ジャスミンは、父親に、知っているわよというような顔つきをしたけれど、ラザニアをお代わりして、食べ続けた。彼女は違うアプローチをすることにした。

「私たちのクラスは、金曜日にビクトリアのチャイナタウンへ行くのよ。で、中華料理店でランチをするの」

「素晴らしいね！　中国のお正月を祝うのかい？」

ジャスミンはうなずいた。

「一九八九年は蛇の年なのよ。ランチの後、お店を見て回って、お土産を買うの。だから、お金を少しちょうだい！」

「そう来ると思った。どれくらいだい？」

「ランチに四ドル」

「バーゲンだ」

「ミセス・バトラーなら、特別なおまけをくれるわよ」

「で、お前は、お土産のお金も欲しいんだね？」

「ううん、それはいいの。貯金箱にたくさんあるから」

「少し借りようかな」

「パパの旅行に、ってこと？」

……ほら！　ばれたわ。

驚いて、彼は口をぽっかりあけた。

「どうしてわかったんだい？　今夜話そうと思っていたんだよ」

「偶然引き出しの中にある旅行の封筒を見つけたの。パパって、隠すのが余り上手じゃないんだもの。それより、どうしてこんな豪華な夕食をするのか不思議に思っていたの。だって、二月の雨の水曜日で、誰の誕生日でもないし。だから、何のお祝いなのって」

「デザートを食べるかい？」

彼はお皿を下げながら聞いた。

「話題を変えないで！　私達どこへ行くの？　それで、いつ？」

彼女はピンク色のムースの器をテーブルに運んだ。

「見たのよ。旅程表か何かに、二月って書いてあるのを。でも何かの間違いでしょう？　だって、二月なんて、私達はどこにも行けないわ」

彼女は、スプーンにムースを山盛りに掬って口に入れると、しばらく舌の上において味わった。

「ウーン」

彼女はため息をついて、

「最高よ、パパ！　でもあの地名は何なの？　航空券には、上海とか北京とか書いてあったと思うけど……。それって、首都でしょう？　ねえーパパ、まさか本当に中国へ行くんじゃないでしょう？　どうしてなの？　パパ！　どうして中国なの？」

「やれやれ！」

父親は額を拭いた。

「やっと話をやめたぞ」

彼はスプーンを置き、いつにない真剣な表情で彼女を見た。

「ジャスミン！」

　不安な気持ちが彼女の心の中に入ってきた。

「つまりだね、僕一人で中国へ行くんだ。北京の大学で仕事の申し出を受けたんだよ。そこの教授が病気になって、家に帰らなければいけないことになってね。それで彼女の代理をすることになった。金曜日には向こうに発つんだよ」

「この金曜日なの？」

　彼女は大声で叫んだ。

「それって、あとたった二日しかないわ。そんなこと不可能よ。できっこない！　あたしに聞きもしなかった。何にも話してくれなかったじゃない。私はどこへ行くの？　どうして言ってくれなかったの？」

　彼女は食べかけのムースをテーブルの向こうに押しやって、それが父の膝の上に落ちるか、床にこぼれて、めちゃくちゃになればいいのにと思った。けれども、父親は手を伸ばして、ムースの器を止めた。

「お前が腹を立て、傷つき、怒るのは分かるよ。でも説明を聞いてくれないか？　できるかい？」

　彼女はそっぽを向いた。何もかも現実ではないかのようだった。皿はカウンターに積んであり、壁には絵があり、冷蔵庫には磁石がある。——でも、すべてが彼女とは全く関わりのない、何か他の生活に属するもののようだった。父親の声さえ、彼女からもう遠く離れてしまったかのように、遠くに聞こえた。

「お前のお母さんが亡くなってから、私達二人にとって、とても大変な時だった。最初私は正しい選択をしたと思ったんだ。一年休暇をとることがね。実際、しばらくは、それは正しい選択だった。家にいることは楽しかったよ。お前のためにここにいて、本を書いたり、時々騒動をやらかしたりね」

彼はウインクした。でも彼女は何の反応もしなかった。

「だけど、それじゃ十分じゃなかったんだ、ジャスミン、お前には、母さんを失くした私の喪失感がどれ程深いか分からないだろう」

私はどうなの？ 無力感が彼女の内側に押し寄せた。それが彼女を一度に少しずつ飲み込んでいくような気がした。彼女のすべてを飲み込んでしまうまで。

「だから、クリスマスが終わった後、大学に行き、どれでも空いている講座を引き受けると言ったんだ。当然、ビクトリアのどこかだと思っていた。だが、この北京の大学の話があった時、断れなかった。それに、中国へ行きたいといつも思っていたんだ」

ジャスミンは父親を睨みつけた。**中国ですって！** そんなこと彼女に話したことなかった。あんなに仲が良かったから、父親のことは何でも知っていると思っていたのに。

「向こうは二月の半ばまでに来てほしいそうだ。だから、明日の夜、バンクーバーを発って、金曜の朝早くに中国に行くんだよ。落ち着いたらできるだけ早くお前を迎えにやるから。その間、お前はビクトリアのバルのところにいるんだ。彼女がスークまで、お前を車で送ってくれるそうだ。けっこう遠いけどね。だからお前は学校を変わらなくていいんだ」

ジャスミンは、余りのことに口もきけなかった。

「お前が中国に来たくないんだったら、私が帰るまで、彼女のところにいてもいいんだよ。契約は六月末までだから、家に帰るのは……」

「バルおばさんですって！」

彼女は吐き出すように言った。

「本気で考えているの、彼女のところで暮らすなんて？　よくそんなこと言えるわ。ほとんど知りもしないのよ。でも、もう決めてしまったのよね。私の知らないところで！」

椅子から飛び出して、父を殴りたいと思った。

「ちょっと待ちなさい！　お前はいつもビクトリアへ行きたがっていたじゃないか。そして、おまえはバルが好きだって……どうして、突然変わったんだい？　彼女は港の見えるとってても素敵なアパートに住んでいるんだよ。チャイナタウンからすぐのところだ。お前は気に入るよ」

「いいえ、気に入らないわよ！　地球の反対側へ行ってしまうというのに、よくも、私が**気に入る**なんて言えるわね。**大嫌いだわ**。それに、お父さんも大嫌い」

　涙をこらえて彼女は椅子を蹴っ飛ばし、ピシャと音を立ててドアを閉め、自分の部屋へ走っていった。

第四章

その語り部は村から村へと回っていた。竹のポールに吊した籠の重みで肩は曲がっていた。運が良い時は、乏しい食べ物の籠に手を伸ばさないで済んだ。というのも、村人たちは、大抵は話の一つもしてやれば、喜んで自分たちの米を分けてくれたからだった。けれども今年の蛇年は厳しく、人々はさすらいの語り部に分け与えるどころか、自分たちの食べるものすらほとんどないというありさまだった。

年老いた語り部はため息をついた。もう長い間、中国南部の農業地帯は、厳しい状態だった。人が多すぎ、食べ物はあまりに少なかった。そして、神々は親切ではなかった。洪水でなければ、干ばつが、疫病でなければ、飢饉が起きた。それでも足りない時は、地方の部族間の戦が起きて、各地に強盗が横行した。

彼は自分の村が強盗たちに乱入された日のことを思い出した。丘から戻ると、自分の村全部が灰になっており、飢えていた農民たちは殺されていた。彼自身の家族も含めて。

今では、彼は重い足取りで村から村へとぼとぼ回って、自分が語る物語の中に救いを求めようとしていた。他にどんなことがあるというのか？　農業は不可能だった。彼には土地を借りるお金もなければ、借金をして払うあてなど全くなかった。海賊になるか？　兵士はどうだ？　いや、彼は年を取りすぎていた。そして多くの他の者たちがしているように、海の向こうの土地に移るには、更に年を取りすぎていたのだ。考えると身震いがした。

　飢えて死ぬか、突然の暴力的な死にあうかもしれないが、だが、少なくとも自分の骨は故郷の土地に埋められるだろう。これよりましなことを望めることなどあろうか。

　神様のお慈悲があれば、自分自身の問題を考えながら、彼は思った。あまりに長い間、神々は怒っておられる。恐らく、正しい捧げものがなされたら、もしくは、その呪いが解けたら……。

　突然彼の五感が震えた。柳の杖が、水を発見した時そうするように地面に沈んだのだ。ここがその場所なのか？　呪いのことを考えるのはそれ程頻繁ではないけれど、それを考える時には決まって杖の引きを感じた。時には弱く、時には強く、けれど、これほど強く感じたことはなかった。全神経がひりひりした。ここがその場所なのだ。

　陽気なおしゃべりの声が彼の思考の邪魔をした。若い声が、谷や、田んぼ中に響き渡り、彼の訪れを告げた。

「ストーリーテラーがきたぞ！」

　気が付くと、あらゆる年齢の村人に囲まれていた。

　チャン・タイ・ケーアンは、他のみんなについて走っていった。気を紛らわすことができると喜んで。たぶん、彼の不安な心を落ち着かせてくれるだろう。それに、どんな時にチャンスが来るか、誰にも分からないではないか？

「話してよ、おじいさん」

子供たちはやかましくせがんだ。

「お話を聞かせておくれ」

語り部は日陰のある木の下に身を置いた。

「まず、話の入った袋を出さんとな」と彼は言った。

幾つかの袋の一つから、ボロボロになった小さな袋を取り、彼はその中に手を入れて、一握りの黄色い砂をつかみ、空高くにまいた。砂は金の粉のようにキラキラ輝きながら落ちた。彼は指の先で一つの粒を取り、それをちょっと眺め、しばらく考えていた。それから彼は言った。

「これが、これから語ってもらいたがっている話だ」

「二千年前、中国の偉大な壁、万里の長城を築いた偉大な王がいた……」

ケーアンは言葉に集中しようとしたけれど、できなかった。それに、彼はその皇帝と壁の話は知っていた。その王の死後、彼を守るために造られた、壮大な墓や戦士たちの軍隊のことも知っていた。

ケーアンの心は、語り部のしわだらけの顔から離れて、海の向こうの金山の島、ジムシャンへとさまよって行った。そこで、彼は一財産作るのだ。みんなに十分な程の食べ物を買うのだ。村人たちが、もう二度と飢えの苦しみを味わわないために、草を煮て食べたり、石を吸ったりしなくても済むように。

金山の道は金が敷かれているということだ。彼のポケットは金の粉でいっぱいになり、その黄色い砂が足元に散らばってキラキラ光るだろう。そして、彼は家に帰るのだ、一人ではなく、父と一緒に。

「……夢は塵に変わる」

語り部の声が彼を引き戻した。

「白いひすいの虎が、再び眠りにつくまでは」

語り部はパイプを深く吸い、煙を吐き出した。巻き上がっていく煙の中に、ケーアンは恐ろしげな虎が空中に飛びあがるところを想像した。

「ブライトジェイドは墓に入る寸前に」と語り部は話を続けた。

「彼女はお守りを握りしめた。すると暗闇から霧が湧き起こり、彼女をまるごと蚕の繭のように包むと、さっと連れ去った。暗闇から光の中へ。はるか遠い南へと。青々と草木の茂る、太陽がいっぱい照る土地へ。その地で、彼女はよく働く農夫と結婚し、多くの息子と孫たちを得た」

微笑んでいる農夫たちを見て、語り部の目は輝いた。彼らはこの話を知っていた。何故なら、彼らは同じ部族のものだったから。彼らの祖先は同じで、さかのぼるとブライトジェイドに繋がっていた。

語り部は声を落とした。

「ブライトジェイドは普通の女ではない。彼女は不思議な力を持っており、寒さ、暑さ、不快や苦痛といったものには全く縁がなかった。彼女は本当の人間ではなくて、まるで精霊のようであった。多くのものは、その村が栄えたのは、彼女が守ってくれているから、とか、彼女の持っている白いひすいの虎のお守りのおかげだと信じていた。このお守りが、彼女に色々な力を与え、又、彼女を不死身にしていると信じられていた。というのも、ブライトジェイドは、いつまでも生き続けたからだ。しかし、ついに彼女が別の世に行く時が来た。彼女が埋められる時、白いひすいの虎も彼女と共に埋められた。彼女の霊は安らかで、彼女の部族を見守り続けた。だが、何年もの昔、雨が呪いをもたらした。その土地は川が増水して、洪水に襲われた。多くの墓が壊れたが、その墓の一つから白いひすいの虎が目覚めたのだ。そしてどこかへ行ってしまった」

語り部は村人をじっと見つめた。

「ひすいの虎はどうなったのだろう？　川に流されたのか？　泥の中に埋まってしまったのか？　それとも、富への憧れを満たすために盗まれたのだろうか？」

「ブライトジェイドは休息を奪われた。彼女は夢の中に現れ、白いひすいの虎を求めている。時と空間を超えて彼女はさまよい、白いひすいの虎を探しているのだ」

語り部はケーアンに目を留めた。

「虎が見つかるまでは、ブライトジェイドの部族に安らぎの時が来ることは決してないのだ」

ケーアンは夢の中に現れた山の方に向かってとぼとぼ歩いていた。山の陰に、背の高い、すらりとした少女が現れた。その少女は、長い黒髪を一本の三つ編みにしていた。その顔は、はっきり見えなかったが、微笑んでいるようだった。それに励まされるように、彼は歩くのを速めた。

「山を受け入れなさい」と彼女は言った。

「白いひすいの虎を返すのよ」

ケーアンは戸惑って、顔をしかめた。どういうことなんだろう？　冷たい風が彼の顔に吹き付けた。その風は少女の言葉を吹き散らし、まっすぐ山の中に吹き飛ばしてしまった。

「待って！」と彼は叫んだ。

彼女の後を追おうとして躓きながら。それから彼は落ちていった。岩の上に、砂利の上に、そして、すごい勢いで真っ逆さまに、下の泥の川に。

彼は水に身体を打って叫んだ。水面に浮かんでいようともがいたが、渦巻く水に飲み込まれた。二度目の叫び声で彼は目を覚まし、起き上がって息をしようとあえいだ。

「アイ――」

彼の思考はクルクル回っていた。あれは間違いなく黄金の山だ。でも、少女は誰だろう？　ブライトジェイドなのか？　もちろんそうだ！　彼女の霊が、虎を見つけ、彼に故郷に持って帰るように言っているんだ。

でも、どうやって黄金の山に行けばいいんだろう？　そして、一体どうやってそれを探したらいいんだ？

翌朝、ケーアンは自分の臆病さを悟られないように、きっぱりとした顔をしていた。

「海の向こうは寒いから、温かい服と厚底の靴を持って行くといい」と母親は言い、彼の荷造りを手伝った。

彼女は幾つかの包みを手渡した。

「病気になった時のための特別な薬草だよ。ジムシャンにはそんな良い薬はないだろうから」

ケーアンは、目の奥がチクチクしたけれど、泣くのは不吉だと知っていた。彼は注意深くその包みを木綿の袋にしまった。

「それと、この手紙を持って行きなさい。その手紙があれば、お父さんを早く見つけられるだろう」

ケーアンは擦り切れた手紙を受け取った。それを読んでもらうために、彼は、母と一緒に一番近くの町に急いで飛んでいったのを思い出した。母は一文字残らず心に刻めるまで、何度も何度も、代書屋に読んでもらったのだ。それは、三年前のことだった。

「心配ないよ、母さん」と彼は言った。

「父さんを見つけて、すぐにでも家に連れて帰るから」

その地を出ていくのはケーアンだけではなかった。もっとも、十五歳というのは最年少だったけれど。彼らは、皆ニコニコした顔で、帰ってきたら買うつもりの土地のことを話していた。だが、自分たちの家族を口には出せない困難の中に残していくことを知っていたので彼らの心は苦痛で揺れていた。作物の出来は、その前の年より更に悪かったのだ。ほとんどの農民が、土地の借り賃を払うために、金貸しから借りなければならないだろう。ジムシャンにいる親せきからお金を送ってもらう者だけが、借金をしないで済むのだ。

他の者たちと同様、ケーアンも、ジムシャンで金儲けができるという話を聞いていた。鉄道で働けば、一財産作れる！　五年かそこらもすれば、家に帰って、一生楽な生活が送れる程十分な金が得られると。

ファンタンのゲームで、ボタンがカチャカチャなるように、ケーアンの心の中で、こうした考えがカタカタとなり響いていた。それは賭けだった。ケーアンは心配にならずにはいられなかった。一緒に旅に行く仲間は、新しい鉄道で働くという契約に署名をしてしまっていたが、彼だけは、ビクトリアという大きな港に留まるのだ。そこが、父が最後に手紙を送ったところだったからだ。今、彼は父を探し出さなければならないだけでなく、手のひらに乗るくらいの小さなひすいの虎を見つけ出さなければならなかった。

他の人たちに合わせて大股で歩きながら、彼は呪いのことを考えた。干ばつ、洪水、飢饉、戦——こうしたことは、確かに、たった一つのお守りのせいとはいえない。全部の地がそうした災害に見舞われたのだから。しかし彼自身の家族を考えると……三人の妹たちは赤ん坊の時に死んでしまった。弟は川でおぼれて死に、ケーアンが、一人息子として残っただけだ。叔父二人は強盗に殺された——どうして彼の家系のもの全てが、何かしらの不幸を負ったのだろう。そして、今、彼の父親が金山のある土地で行方不明になった。

あの虎があるべきところに返されるということ、それがどんなに重要なことなのかを感じて、彼は歩きながらちょっと背筋を伸ばした。それから急いでその考えを心から追いやった。自分が向こう見ずだと神様に思われてはいけない。金山にたどり着いてさえいない時に、神様たちを怒らせるのは賢明ではないだろう。

第五章

ジャスミンは、生まれて初めて、ビクトリアへの四十五分のドライブを、たまらないほど嫌だと思った。彼女は石のように黙って、父親への嫌悪の気持ちを募らせていた。

しばらくの間、父は中国についてあれこれ話をし、来月彼女がやってきた時には、一緒に色々見て回ろうと言った。もちろん彼女がそうしたければの話だが、とあわてて言い足した。それから、質問に切り替え、荷造りは終わったかとか、キルト用の布切れはちゃんと持ったのかとか、他に必要なものはないかとか聞いてきたけれど、彼女は、ずっと無視していた。とうとう彼はしゃべるのをやめて、ラジオを点けた。ジャスミンは一度も選曲に文句をつけなかった。

曲がりくねった道を行き、のろのろ進む郊外からのラッシュアワーの混雑をぬけ、ハイウエイに出た。サービスステーション、駐車場、広いショッピングセンターを通り過ぎた。明るい電気、サイレンの音、ブレーキのきしむ音。ジャスミンは顔をしかめた。バスでビクトリアへ行くことをどうして考えなかったのだろう。もっと楽しかったかもしれないのに、と彼女の心の中の声が言った。きっと楽しかっただろう。父親に捨てられるようなこんな状況じゃなくて、友達と一緒だった方が。

「買い物したくないかい?」と父親は彼女に聞いた。

「モールに寄ってもいいよ」

沈黙。

「じゃ、夕ご飯を食べていこうか。何か希望はあるかい？　どんなに高くてもいいよ」

ジャスミンは肩をすくめた。彼女の好きなファーストフードのレストランに車を止めても、彼女は少しでも興味のあるようなしぐさをしないようにした。

「何だって？　チーズバーガーはいらない？　ミルクシェークは？　何か食べなきゃだめだよ」

彼女は首を振り、フライとオニオンリングを選んだ。

夕食の後、歩行者や車で混み合っているダグラス通りをのろのろと進んだ。人々が、店やレストランを出たり入ったりして、急いで買い物を済ませ、家に帰る前に急いでなんか食べ、夜見るためのビデオを急いで借りていた。

「チャイナタウンを通っていこうと思ったんだ」と父親が言った。

「君たちが明日行くからね」

フィスガード通りに、アーチのようにかかる東洋式の門が、入るのを歓迎するように明るく輝いていた。その区域を通っていくと、キラキラした光や、鮮やかな色、人々の動きや様々な音に刺激されて、ジャスミンは鼓動が速くなるのを感じた。けれど彼女は黙ったままでいた。

それから、ジョンソン橋を通り抜けた。その橋は、船がインナーハーバーを通って行く度に、跳ね橋のように揚がるようになっていた。父親はそのおかしな青い影について、いつものようにコメントをしたけれど、ジャスミンは返事もしなかった。とうとうバルのアパートの駐車場に入った。

「まっすぐ九階だよ」と父親が言った。

「私の幸運の数字だわ」

ジャスミンはつぶやいた。

「とんだ幸運だわ」

二人はエレベーターを降り、九二七号室まで歩いた。

「部屋の番号も、足すと9だ」と父親が陽気な声で言った。

「実際は18だけど、その二つの数字を足すと9だ。どうだい！」

バルがドアのところで待っていた。

「いらっしゃい！　マーティン」と彼女は言うと、彼を抱いた。

「入ってちょうだい。そして、ジャスミン！　ダブルラッキーなコンドーへようこそ。どう、ちょっとおめでたいでしょう?」

「おめでたいですって?」

　結構ね。彼女は叔母の言葉さえ理解できなかった。

「幸運、良い印。9は私の運の良い数なのよ。そしてあなたは、一九七六年に生まれたのよね、ドラゴンの年に。とっても幸運なサインだわ。お目出度いシンボルについてだったら、いつまででもおしゃべりできるわよ。マーティン、コーヒーなんかどう?」

　バル叔母はずっとしゃべり続けた。キッチンを行ったり来たりして、コーヒーメイカーをセットし、ナナイモバーを切り分け、皿にバタータルトと一緒に盛り合わせた。

「ジャスミン、多分あなたには、ここは馴染みがなくて、少し居心地が良くないかもしれないから、あなたの部屋に案内するわ。そこであなたの荷物の整理をしたらどうかしら?」

　彼女は、ジャスミンがナナイモバーを見ているのが分かると笑って、

「心配しないで、貴方にとっておいてあげるから」と言った。

　ジャスミンは彼女についてホールを降りた。

「さあ、ここよ。引き出しやクローゼットに持ってきたものを入れなさい。本は、どれでも読んでいいわ。外の景色を楽しんでね」

「わー！」

惨めな気持ちでいようと誓ったのに、思わず口から感嘆の言葉が出た。

「ものすごくたくさんのあかりだわ！」

その光景は、魔法のようで、街灯さえない彼女のところとは全く違っていた。インナーハーバーの向こうに、議事堂の建物が、何千もの電灯に照らされて妖精の国のように揺らめいていた。豪華なエンプレスホテルは、彼女の母親に一度、お茶に連れていってもらったことがあったのだが、アーチ型や小塔の装飾から照らされる光でお城のように輝いていた。通りは白い光の丸い形の電球の入った旧式の電灯で照らされていた。

船からの光が水に反射し、高い建物からの光が港を照らしていた。彼女は認めざるを得なかった。その眺めはまさにパーフェクトだった。

「どうぞ好きにやってね」

彼女がキッチンに戻ると、バルが言った。

「はい、ミルクのグラスよ」

「ありがとう。素敵な眺めだわ」

父親の顔が、ぱっと明るくなった。

「言った通りだろ？」

「美味しいナナイモバーだわ」

ジャスミンは叔母ににっこりし、あからさまに父親を無視した。

「さてと」

彼は気まずい沈黙の後で言った。

「急いで行かなくちゃ。行く前に何か言いたいことはあるかい？」

ジャスミンはバタータルトを取って、黙ったままでいた。見ちゃダメ、と彼女は固く自分に言い聞かせた。父の顔を見たら泣き始めるだろう。だから見てはだめ。飲み込もうとしたけれど、菓子がのどに詰まった。何を待っているの？　彼女はイライラして思った。どうしてすぐ出ていかないのよ？

再び気まずい沈黙の後、彼は言った。

「それじゃ、幸運を祈るよ」

彼は、かがんで彼女の頰にキッスをし、彼女の流れ始めた涙を優しく拭いた。

「着いたらすぐ電話をするよ。それから二分したら手紙を書くからね。バル、色々ありがとう。元気で」

そして、彼は行ってしまった。

「キルトをやっていい？」とジャスミンが聞くと、叔母はびっくりした顔をした。

「テレビで見たい番組はないの？」

ジャスミンは首を横に振った。

「空き部屋にミシンがあるわ」とバルが言った。

「何か要るものがあったら言ってね」

すぐにジャスミンは裁縫台をセットし、布きれの袋を開けた。

「メモリーキルトはね」

そのプロジェクトを始める時、彼女の母が言っていた。

「布の一枚、一枚が何かを思い出させてくれるのよ。時とか、場所とか、人とかを。

順調にいけば貴方の誕生日に仕上がるわ」

「手伝ってもいい？」

「もちろんよ。この布たちを明るい色と暗い色に分けてちょうだい」

その後、四枚の三角形を一度に切るやり方を教えてくれた。すぐに何百枚もの三角形ができた。薄い青から、深い森の緑、花柄のパステルカラー、ワイルドなショッキングピンク。

「これで十分かしら？」

母は笑った。

「このキルトはあなたのベッドにかけるものなのよ。半分もないわね」

二か月後に半分出来上がった時、二人で、ラズベリージンジャーエールでお祝いし、夏の雨音を聞いた。それはあの事故の前の晩のことだった。


「それ以外のことはなんにもしたがらないんだ、バル」

叔母の空き部屋で、布切れに囲まれながら、ジャスミンは、父の言葉を思い出していた。あの恐ろしい水曜日の夜のことだった。電話は、下のホールにあり、彼は小さな声で話そうとしてけれど、ジャスミンは一言、一言を聞き取ることができた。

「ヘザーが亡くなってから、彼女は全てのことに興味を失くしてね。太極拳さえも。学校へ行く以外は友達にも会わないんだ。ただ部屋の中にいて、本を読んだり、キルトづくりをしたりしている。多分、場所が変われば、……十分ありがたいよ。しかし、あの子は自立心が強いんだ。今は全く内に閉じこもっているけどね」等、等。

彼女を分析し、彼女の人生をあれこれ決めようとしていた。

ジャスミンは、赤いベルベットの布きれで頬をなでた。そして、彼女の初めての、特別なクリスマスドレスを思い出した。メタリックシルバーのキラッとした光が、魔女のケープとハロウイーンのパーティーを思い出させた。

「それが唯一彼女のしたいことなんだよ」

それは本当だった。過去の断片をパラパラ見ることで、安心できた。まるで、断片をつなぎ合わせることで、何か過ぎ去ってしまったものを取り戻し、またもとの全体になるように感じさせてくれた。たとえ、外形は二度と同じにはならないとしても。

光と暗闇――彼女が太極拳のクラスで陰と陽を学んだような。陰は、大地、女、月、暗闇。陽は、天、男、太陽、光。二つで宇宙の均衡を保っている。調和を。

三角形が四角になり、小さな四角がより大きな四角になる。全てが秩序だっており、定められたようになる。まっすぐな直線。きれいな端。完璧な角。だんだん仕上がっていることを母は喜んでくれるかしらと彼女は考えた。キルトがもうすぐ完成することがうれしかった。

バルがお休みを言いに来た時、ジャスミンは思い出した。

「明日、野外学習でチャイナタウンに行くことになっているの。だからそこで集合するから、学校まで送ってもらわなくてもいいわ。お父さんは、そのことを言ったかしら？」

叔母はうなずいた。

「十一時に、そこで降ろしてあげるわ」

「そうしたければ、何か中国風のものを着てもいいんですって。でも何にも持ってないし」

バルは、ニヤッとした。

「ちょうど良いのがあるわ」

彼女はすぐ、黒っぽい包みと広い縁のある帽子を抱えてきた。

「どうかしら？」

ジャスミンの頭にその帽子をかぶせて、彼女が聞いた。

ジャスミンは、鏡を見た。

「素敵！」

「次は、これよ」

彼女はジャスミンの胸の前でジャケットを合わせた。

「ぴったりのようね。着てごらんなさい」

そのジャケットは、裏地が付いていて、綿がしっかり詰められていた。幅広の袖がついていて、ジーンズの上にゆったりとかぶさったデザインだった。ジャスミンは首のところから裾まで、飾りボタンを留めた。

「ぴったりだわ」

「それは、鉄道の仕事をしに来た中国人の苦力（クーリー）が着ていたものよ。ズボンもはいてごらんなさい」

ジャスミンはズボンに足を入れた。

「ちょっと長いかな」

「大丈夫。ちょっと巻き上げればいいわ。こんな風にね」

「さて、履物よ」

彼女は黒い綿の靴を手渡した。

「これも合うわ」

バルは微笑んだ。

「あなたは服装にぴったりの髪形をしているわ。長い一本のおさげ、その当時の中国人がしていた髪型よ」

服は良い感じだった。着古されて、着心地がよかった。ジャスミンは鏡に映った自分を見てニヤッとした。

「私って、まさしく中国人の苦力みたい」

バルが突然うつむいた。

「どうしたの？」

ジャスミンは、叔母の反応にびっくりして尋ねた。

「なんでもないわ」

バルは吹き出すように笑って言った。

「あなたの様子が、あの時のままだったからよ。まるで……ほら、以前にも同じことがあったような気がするって感じたことはない？　デジャブ、っていうわね。あなたのお母さんが、あなたぐらいの年だった時、ハロウィーンパーティーに行ったのよ。何を着ていっていいか分からなかったので、私が苦力の服を着るのはどうかしらと言ったの。彼女はそれを着て、鏡の前に立って、あなたが言ったのと全く同じことを言ったのよ」

「パーティーに着ていったの？」

「ええ、そして、ひどい目にあったのよ。からかわれて、悪口を言われたの。彼女は泣きながら帰ってきて、服を乱暴に脱いで、部屋から放り出したわ。その時以来初めてね、この服が着てもらえるのは」

ジャスミンの顔に浮かんだ表情を見て、バルは「心配しないで」と言った。

「きっとあなたのクラスの生徒たちは、もっと良識があると思うわ」


長い間ジャスミンは眠れなかった。窓の外で夜の音がワンワンと聞こえた。そしてカーテンが閉まっていたにもかかわらず、街の光が部屋に差し込んでいた。彼女は枕に顔をうずめ、ブライトジェイドと彼女の安らぎの場所の庭を呼び出そうとした。でも今回は、庭は現れなかった。夢はイメージの寄せ集めだった。増水した川に立ち昇るドラゴンの息のような霧、洪水となった水、白い閃光、ブライトジェイドが泣いている。そして、泥！　黄色い砂の粒が泥に変わっていく。川が泥とかき混ぜられ、それから流れになった。青黒い色から澄んだ色になり、風にかき混ぜられて水しぶきになった。


何百人もの人で混雑した船、彼女くらいの年の少年が一人で立っている。頭を垂れ、心配でたまらない様子で。突然彼は顔を上げ、彼女の凝視にくぎ付けになる。一瞬、彼女はまるで何かの力がそうしているように、引き寄せられるのを感じた。

彼女はうめき、船の揺れる動きによろめき、あたりに漂う悪臭に吐き気がした。

彼女は驚いて目が覚めた。きっと病気になりかけているのだと思った。

目を開けたとたん、気分が前より良くなった。ナナイモバーの食べすぎかしら？　それとも、ただ考えが混乱しただけなのか？

彼女は、次々変わる恐ろしい光景にうめき、何度も寝返りをうち、眠りに戻ろうとした。

けれど、その不思議な色たちのイメージは彼女から離れなかった。彼女のキルトの布きれのように、それらは光と暗闇の断片だった。でも、それらは何かしら互いに関連があった。なにかしら互いにフィットした。どのように、ということは分からなかったけれど。

第六章

船がバンクーバー島の灰緑色の海岸線沿いを、滑るように進んでいくと、ケーアンは不安な気持ちで岸をじっと見た。黄金の山はなかった。ただ暗い森があるだけだった。金がある気配は全くなかった。ただ銀色の太陽の光が、雲の割れ目から差し込んでいた。

彼は身震いした。十五歳にもなっていたけれど、彼は、自分がものすごく幼く思え、とっても怖かった。大した寅年生まれだ！　寅の年に生まれた者は、勇敢で、力強いはずだった。彼は故郷遠く離れた西洋の地での、彼のこの様子を、自分の先祖たちに見られていないようにと願った。もし先祖たちが見ていたら、彼のことを恥ずかしいと思うだろう。

船がビクトリアのインナーハーバーに曳航されると、彼はあたりをじっと見つめた。塔のような外観を持った移民局の建物を過ぎ、湾とマッドフラットをつなぐ長い木の橋を過ぎた。三本マストの航海船やパドルウイーラーが港にぎっしり集まっていた。赤レンガの建物がウオーターフロントに高くそびえ、ドックや、マストや梁の森を見晴らしていた。埠頭、ボート小屋、作業小屋、倉庫などが岸に並んでいて、ところどころにローボートやカヌーが見えた。港の周りに板切れの道や泥だらけの道があり、馬のひく荷車や、馬に乗った人々で混雑していた。

なんて陰気なのだ、ビクトリアと呼ばれるこの場所は。温かさなんてどこにもない！「私たちに来てもらいたがっている」「私たちを歓迎してくれる」と、彼はそう聞かされていた。

埠頭から通りにたどり着くと、そうではないことが分かった。彼は、歓迎などされてなかった。ボードウオーク（板の道）にいた白人たちが敵意のある目で、彼を睨むように見た。彼は、彼らを、単に悪い外国人とか、好奇心を持つ野蛮人だと片付けてしまうわけにはいかなかった。というのは、今は、自分が外国人で、彼らの真っただ中で歓迎されないよそ者だった。

二人の白人の若者が、彼に肩をぶっつけて通り過ぎ、彼は押されてぬかるみにはまった。彼を軽蔑する言葉が浴びせられた。船で初めて船員たちから聞いた汚い言葉だった。

母が彼に言ったことは何だったのだろう？

「よそ者は人の目につかないようにしていなくてはいけないよ」

ああ、自分が人から見えない存在だったらいいのに。彼はそれまで、これ程心細く、独りぼっちで、寂しいと感じたことはなかった。

新しい鉄道の労働者として署名をしていた者たちは、すでに、フレイザー渓谷にある建設作業場に向かっていた。今のところ彼の仕事は父親を見つけることだった。

それから鉄道で働き、この凍るような寒いところから出て、二人で家に帰るだけのお金を作るのだ。もっとも、そうするには、また長い船旅をしなければならなかった。

そう考えると彼は身震いがした。船が香港を出る時、彼は他の人たちと共に、米を海に投げ入れ、神様たちに無事な航海を祈った。そして航海は無事だった。――少なくとも、海で難破することはなかった。けれどデッキの下での五週間は、なんと恐ろしかったことだろう！

何百人もの人間が狭い隅に詰め込まれ、時にはハッチが閉められてしまうこともあった。二日置きに彼らのいるところを掃除する間の、ほんの数分だけ、デッキに出ることが許され、新鮮な空気を吸い、身体を動かした。誰もが船酔いした。それに食べ物ときたら！　ごくわずかの米だけで、新鮮な果物や野菜なんて何もなかった。大勢が病気になり、そして……、

「あ痛いー！」と彼は叫んだ。

石が彼の後頭部に当たったのだ。振り返ると、少年のグループが、彼を嗤ったり、嘲ったりしていた。また一つ、石が彼の腕に当たった。

ケーアンの顔は屈辱で真っ赤になった。堂々と歩こうと思ったけれど、足が震えて

難しかった。彼は実際よりもっと勇敢に見えるように、胸を張り、速度を速めた。嘲りの声が後ろから聞こえ、少年たちが去ってしまってからも、長い間、痛みを伴って彼の心の中でこだましていた。

やがてケーアンはあたりの変化に気づいた。煉瓦と石の建物から、ごちゃごちゃと寄せ集まった木造の家屋に変わっていた。白人の数が減り、ケーアンの地方の方言が開け放たれた戸口から聞こえ、ほっとした気持ちになった。彼は前より元気が出て、隅でおしゃべりをしている中国人のグループのところに近づいた。

「みなさん！」と彼は言った。

「僕はたった今、船から下りたところです。名前はチャン・タイ・ケーアンと言います。ドラゴンメーカーという人を探しているんです」

彼らは自分たちの国からのニュースを聞きたい一心で、すぐに彼の周りをガヤガヤと取り囲んだ。その中の一人が、ついに言った。

「その子を離してやれ。分からんのか？　ひどく疲れた様子じゃないか。おいで、坊主。俺がドラゴンメーカーのところに連れていってやる。だが、お前は本当にそこへ行きたいのか？」

ケーアンは手紙を取り出して言った。

「ドラゴンメーカーがこれを父の代わりに書いてくれたんです。三年前です」

その男はそれを読むと、眉をしかめ、頬にある傷が恐ろしくひきつった。

「チャンサムというのは、お前の父親なのか？　これがおやじから来た最後の便りなのか？」

「はい」とケーアンは答えた。

「父を知っていますか？」

その男は肩をすくめた。

「たぶんな。なにしろものすごく大勢の人間が出たり入ったりしているんだ」

「父はここへお金を稼ぎに来ました。僕たちの土地を買うためです。でもあまり長い間便りがないので、母は、父に何かあったんじゃないかって心配しているんです。だから僕が行って父を見つけることに決まったんです。それに、僕はどうしても見つけなければいけないものが……」

白いひすいの虎のことを言おうとして、その男の顔のずるそうな表情が、彼にそれ以上言うことを思い留まらせた。

「それで、何を探さなくちゃならないんだ？」

ケーアンは素知らぬふりをして、ニヤリとした。

「ただ、僕の運を、です」

「金は持っているのか？」

「いいえ、持っているお金は全部、旅の費用に使ってしまいました。でも、ぼくは働いてお金を作ります」

「そんなに簡単にはいかんぞ」

彼はしばらく黙った。

「一緒に来て俺のところで働け」

「あなたのところですか？　でも……」

「俺は、チャイナタウンで商売をしているブルースカー・ウオンというものだ。店をいくつかとレストランも持っている」

ケーアンは感心した。それじゃ、本当だったんだ！　この異国の土地に来て、ひと財産作ることができるんだ。彼は喜んでブルースカー・ウオンの申し出を受けることにした。

二人は狭い小道を歩き、今にも壊れそうな小屋が並んでいる地区に入った。投げ出されたように立っている、色んな形やサイズの材木のかたまりがあった。二層か、三層に重なっていて、上の階に行く腐った階段があった。ブルースカー・ウオンは、急な階段を上がって、色の剝げた赤いドアをノックした。色が塗ってあるのはそのドアだけだった。

彼は、「ドラゴンメーカー、客だぞ」と大きな声で呼んだ。

「チャン・タイ・ケーアンだ。親父を探しているそうだ」

注意深くドアが開いた。二つの光る眼が割れ目から覗いた。

「あれがドラゴンメーカーだ。夜はお前をここに泊めてくれるだろう。明日の朝から、俺のところで働くんだ。明日から、お前のひと財産つくりが始まるのさ」

小さな声でクスクス笑いながら、彼はぐらぐらする梯子を下りて行った。

「僕は……」

ケーアンは言おうとしたが、すでにブルースカーの姿はなかった。

「大丈夫だよ、チャン・タイ・ケーアン」

その低い、よく響く声に振り向くと、ドアのところに一人の老人が立っていた。

顔にゆっくりと微笑みが広がっていた。

「わしがドラゴンメーカーだ。中にお入り」と彼は言った。

その小さな部屋に入ると、ケーアンは息をのんだ。色を塗られたドラゴンがあらゆる隅や棚から彼を睨んでいた。部屋の真ん中にあるテーブルは、作りかけのドラゴンでいっぱいだった。筆の入った瓶や、赤、黄、青、緑色のしみがついた塗料の入れ物などが、テーブルの上に広がっていた。

「お茶はどうかな？」

ドラゴンメーカーは、テーブルの上にあったものを少しどけて、小さな茶碗二つにお茶を入れた。

「はい！」

ケーアンは肩から竹のポールを下ろし、そこにあった木枠に倒れるように腰を下ろした。

「お前がいたいだけここにいてもいいぞ」とドラゴンメーカーが言った。

「だが、お前の父親はここにはおらん」

ケーアンはガッカリしてうめき声を出した。なんて馬鹿だったんだ、簡単にいくと思っていたなんて。父はここにいて、彼の来るのを待っていると思っていた。

「父がどこにいるか知っていますか？」

「人が絶えず来たり去ったりしておるからな」

ドラゴンメーカーはため息をついた。

「わしは、お前の父親のチャンサムを知っておったよ。良い人間だ。彼に代わって、わしが手紙を書き、お前のお母さんのところに送ったのだ。その後、厄介なことが起きて、鉄道のキャンプで働くために、ここを出て行った」

ケーアンの心は沈んだ。

「厄介なことって、どんなことだったんですか？」

「そのことは、また後で話すことにしよう。時間はいっぱいある」とドラゴンメーカーは答えた。

「来たすぐに、あまりたくさんの重荷を背負いたくはないだろう？」

「明日、ここを出て、鉄道沿いを探し始めます」

ドラゴンメーカーは首を横に振った。

「それは、まずいな」

「どうしてですか？」

「お前は、ブルースカー・ウオンのところで働くことに同意したんだ。あいつを怒らせるのは得策ではないぞ」

第七章

チャイナタウンへ野外学習に行く日は雨が降っていた。ひどい雨で、歩道にネオンの光がチラチラと揺らめいていた。

「二時に、ファンタンアレイに迎えに行くわ」

スクールバスが来ると、バルが言った。

「これがあなたの先生への手紙よ」

彼女はジャスミンのおさげをちょっと引っ張って言った。

「とっても素敵よ！　楽しんでらっしゃい」

生徒たちは一斉にバスから降りて、レストランの前にガヤガヤと楽しそうに集まった。派手な模様の赤いセーターやドラゴンの模様や、中国文字が刺しゅうしてあるシャツが歩道をぱっと華やかにしていた。

「ハーイ、ジャスミン」

クリスタが親しそうに手を振って言った。

「その服、どこで手に入れたの？」

「叔母からよ。鉄道建設で働きに来た時に、中国人が着ていた服装なんですって」

「知らなかったわ」とベッキーが言った。

「素敵よ。でも、なんか変な感じがしない？」

「全然」とジャスミンは答えた。

彼女はむしろその質問にびっくりした。

「とても着心地がいいわ」

「大した人ね」

ベッキーはニヤッと笑って言った。

「あなたは、いつも人と違っていたいのよね」

「もちろんよ」

彼女はベッキーの言葉に傷ついた。それまで気が付かなかった痛烈なものがその言葉にあったのかしら？　彼女が違った風にとったのか、それとも、ただ神経を尖らせ過ぎただけなのか。

彼女たちは依然として友達だし、彼女は階段を上りながら考えた。二人には何も言わなかったけれど。でも、何かが失われていた……。

気安い温かさ、受け入れられているという気持ちが。階段の一番上の水槽の傍で彼女は立ち止まった。彼女は実際そんなに変わっているのだろうか？　それに、たとえそうであっても、それがどうしたというのだ？　私は構わないわ。

「魚は豊かさと繁栄なのよね」とベッキーが言った。

「そうでしょ、ジャスミン?」

「そうよ。シンボルはとてもたくさんあるわ。鶏は幸せ、キリギリスは幸運、亀は長寿。それは中国語から来ているの。バトラー先生の説明によるとね。ある言葉が別の言葉と同じ音を持っていると、同じ意味を共有するのよ。例えば、pear(梨)という語は、別離という言葉と同じ音なの。だから、友達と一緒に梨を食べては、いけないのよ」

わたしは、父と一緒に梨を食べたのかしら? いや、どちらにしても、二人共、梨は好きじゃない。

それに、赤は幸運をもたらす色だった。彼女は、おさげの髪に赤いリボンをつけていた。父のフライトが中止になることを期待して。それとも、父が家に帰ってくることになるような、ちょっとしたことが起きればいいなと思って。

彼女らが丸いテーブルの前に座るとすぐに、ウエイターが料理を運び始めた。春巻き、シュウマイ、菱の実入りの野菜の炒め物、牛肉とタケノコの炒めもの、甘酸っぱいタレの豚の角煮、サイコロに切った鶏肉が山盛りになった焼きそばと野菜の炒めそば。

「これって食べにくいわ」

ジャスミンは箸からもやしを落としながら言った。

「叔母さんとここへ来るといいわよ」とクリスタは言った。

「いっぱい練習ができるわ」

「そうだ！　忘れるところだったわ」

ジャスミンはメモを取り出して、担任に渡した。

「叔母が、二時にファンタンアレイとかいうところに、私を迎えに来てくれるそうです」

「そこなら、あなたたちの品物集めゲームの場所の一つです」とバトラー先生が言った。

「すぐに分かりますよ」

食事の最後にフォーチュンクッキーがでた。

「**あなたはとても遠くまで旅をするでしょう**」とベッキーが声を出して読んだ。

「ジャスミン、これはあなたがもらうとよかったわね。だって、毎日スークまで叔母さんに送ってもらっているんだから。あなたのは、何て書いてあるの？」

「**まもなくあなたの過去から誰かがあなたの人生に入ってきます**」

良かったと彼女は思った。多分パパは、結局、中国には滞在しないかもしれない。

バトラー先生は、品物探しのリストを配って、言った。
「品物を見つけたら、その項目に印をつけて、リストから消去しなさい。二時にレストランの前で皆さんを待っています」

レストランを出る頃には、雨は濃い霧に変わり、チャイナタウンのエキゾチックな雰囲気に包まれた。道の両側に鳳凰や、ドラゴンの模様が描かれた巨大な陶器の甕や花器を並べている店があった。露店では様々な果物や野菜を売っていた。レモングラスや冬瓜から、茎の長いサトウキビまで。頭にパゴダのような形の提灯がついた赤いポストが道に並んでいた。電話ブースさえ、パゴダのような形の屋根だった。その区画の端には、その前の晩、ジャスミンが夢で見た、二頭の獅子が両脇にいる派手な色に塗られた門があった。彼女は自分のリストの、その項目をチェックした。

「**協調の門**」

どのドアを開けても違う世界がそこにあった。

「これ、見て！」

クリスタが言った。彼女は、先祖の墓で燃やすのに使う、大きなお札の束を差し出した。

「燃えたら煙が天に昇るでしょう。そしたら先祖たちは、そのお金を使うことができるのよ」

彼女たちは、クラゲの酢漬け、大きな箱に入った白米と黒米、フカヒレの缶詰、ヒラヒラのついた黒いキノコ、紙のように薄く、ぺちゃんこになった干し魚にチェックを入れて、一覧表から消去した。

薬草の店では、ムッとするすごい匂いに息が詰まりそうになった。魚やトカゲの干したもの、動物の一部。病気やアレルギーの治療に使われる、見たこともない植物。

「どうやって食べるのかしら？」とジャスミンが言った。

「シチューかスープに入れるんだよ、又は、水で煮て、お茶のように飲むんだ」とその薬草医が言った。

「試してみるかね？」

「結構です」と三人は答えた。

別の店には、墨や箸、雪をかぶった万里の長城のポスター、様々な色合いのひすいがあった。けれどジャスミンは、白いひすいがないことに気付いた。そしてひすいの虎もなかった。

「ほら！」

案内の標識を指して、突然ベッキーが言った。

「ファンタンアレイよ。あなたの叔母さんと待ち合わせしている場所じゃない？」

「そう、でもまだ十五分あるわ。私、買い物もしてないの」

「みんな、いらっしゃいよ」

クリスタが興奮した声で言った。

「この店、凄く素敵！」

その入り口には、赤、トルコブルー、緑、金色のとてもカラフルな紙の鎖や、吹き流しが、紙のパゴダのように、天井からぶら下がっていた。棚には、広口の瓶や箱がいっぱい並んでいて、パゴダの鉛筆削りや、鉛の笛、中国人形まで、あらゆる小さなおもちゃや、道具類がぎっしりとあった。

クリスタが先頭になって、青や白の陶器や、中国製のちょっとした小物、仏像などが、ところ狭し、と置いてある細い通路を通って歩いていくと、また別の部屋に出た。布製のスリッパ、柳で編んだバスケット、麦わら帽子、つるつるした絹のローブが、ごちゃごちゃ置いてあった。

「急いで！」とクリスタが大きな声で言った。

「終わりのない店には、まだ別の部屋があるわ」

二人はベッキーの後に続いた。暗くて曲がりくねった通路を通って行くと、もっと大きな部屋に出た。

「ちょっとした博物館だわ」と彼女が言った。

「あそこにいる人を見た？　本物の人間みたいじゃない？」

すその長い、黒色の外套を着たマネキンが、くぐり戸の後ろに立って、お金を数えていた。

「ここは、昔、ギャンブルをする部屋だったのよ」

「ええっと、リストはどこかしら」

彼女は陳列棚の方にかがんで、言った。

「麻雀をするという項目をチェックして！　そしたら、通りに戻るわ」

「ねえ、見て！」

ジャスミンが、ボタンの山と真鍮のカップを指さした。

「ファンタンゲームよ」

ラベルを読んで、彼女が言った。ファンタンアレイという通りの名前はそこから来ているのよ。あのね、バンカーがボタンの山を四つに分けるの。そうしてプレイヤーは、どれだけ残るか、賭けるのよ。

「なんかすごく数学っぽいわね」とベッキーが言った。

「さあ行きましょう！　部屋は、あと一つよ」

「ちょっと待って」とジャスミンが言った。

埃っぽい棚にドラゴンが並んでいるのが彼女の目に留まったのだ。

「これ見たいわ」

「それじゃ、後から来て！」

クリスタとベッキーは、入ってきた正面の入り口の方へ戻っていった。ジャスミンはドラゴンの方に目を向けた。青色のドラゴンに手を伸ばそうとした時、彼女の目が、先程のマネキンの方をちらっと向いた。そのマネキンはまるで彼女をじっと観察しているようだった。

「そのドラゴンが気に入りましたかな？」

老人がカーテンの引いてあるドアから姿を見せた。

「幸運を持ってきてくれますよ。そのドラゴンは。ラングと言います。こちらに来てください。お金をもらいます。あなたのために十ドルにしてあげましょう。超特別です」

ジャスミンは、ちょっと考えた。十ドルは、使おうと思っていた金額より多かった。

料金受取人払郵便

新宿局承認

7552

差出有効期間
2024年1月
31日まで
（切手不要）

郵便はがき

1 6 0-8 7 9 1

1 4 1

東京都新宿区新宿1－10－1

(株)文芸社

愛読者カード係 行

ふりがな お名前		明治　大正 昭和　平成　　年生　　歳
ふりがな ご住所	□□□-□□□□	性別 男・女
お電話 番　号	（書籍ご注文の際に必要です）	ご職業
E-mail		

ご購読雑誌（複数可）	ご購読新聞 新聞

最近読んでおもしろかった本や今後、とりあげてほしいテーマをお教えください。

ご自分の研究成果や経験、お考え等を出版してみたいというお気持ちはありますか。

ある　　ない　　内容・テーマ（　　　　　　　　　　）

現在完成した作品をお持ちですか。

ある　　ない　　ジャンル・原稿量（　　　　　　　　　　）

書　名				
お買上 書　店	都道 府県　　　市区 郡	書店名	書店	
		ご購入日	年　　月　　日	

本書をどこでお知りになりましたか?

1.書店店頭　2.知人にすすめられて　3.インターネット(サイト名　　　　　　)

4.DMハガキ　5.広告、記事を見て(新聞、雑誌名　　　　　　)

上の質問に関連して、ご購入の決め手となったのは?

1.タイトル　2.著者　3.内容　4.カバーデザイン　5.帯

その他ご自由にお書きください。

(　　　　　　)

本書についてのご意見、ご感想をお聞かせください。

①内容について

②カバー、タイトル、帯について

弊社Webサイトからもご意見、ご感想をお寄せいただけます。

ご協力ありがとうございました。

※お寄せいただいたご意見、ご感想は新聞広告等で匿名にて使わせていただくことがあります。

※お客様の個人情報は、小社からの連絡のみに使用します。社外に提供することは一切ありません。

■書籍のご注文は、お近くの書店または、ブックサービス(0120-29-9625)、セブンネットショッピング(http://7net.omni7.jp/)にお申し込み下さい。

でも……「いいわ！」と、とっさに言い、十ドル札を渡した。

「税金はいいですか？」

老人は笑って言った。

「今日はいいですよ！」

彼はドラゴンを注意深く包み、袋に入れた。

「もっと運が欲しいですか？」

彼はカウンターの上にあった赤い封筒を取り、中にコインを入れた。

「さあ、お年玉ですよ。あなただけに」と言った。

「ありがとう」

ジャスミンは微笑んだ。

「これ幸運のお金でしょう？」

彼女はその封筒の上に金で印刷された中国語文字のまわりを指でなぞった。

「gung hey fat choy!」

「繁栄と富があなたの元に来ますように」

「そう、その通り！　新年おめでとう！」

彼は、彼女をじっと見て、まるで、自分が見ているものに満足しているように、にこにこしてうなずいた。

「新年おめでとう、ドラゴンのお嬢さん！」

私が辰（龍）年だってこと、どうして知っているのかしら？　それにどうして彼は、私のことをじっと見ているのだろう？　きっとこの服装のせいだわ、と彼女は決めつけた。それだけのことだわ。

もと来た方に帰ろうとした時、通路の方にもう一つ小さな部屋があることに気付いた。

「あれはファンタンアレイですか？」

彼女はガラスのドアに下がっている「NO EXIT」のサインの方を指さした。

「そう、ファンタンアレイ！」

彼は嬉しそうに両手をこすって言った。

「あなたのためにドアを開けてあげましょう。出口ですよ。幸運のドラゴンね」

彼はポケットからカギを取り出し、ドアを開けた。

「さようなら、ドラゴンガールさん」

ジャスミンがドアから通路に入っていくと、彼女にお辞儀をして、言った。

第八章

ドアが彼女の後ろで閉まったとたん、何かが変わった。ジャスミンには分かった。音が違っていた。往来がなかった。ブレーキの音も、ホーンの音も、車の行き来する音もなかった。そして人もいなかった。足音も、声もしなかった。ほとんど触ることができる程重たい静寂だった。

彼女は自分の腕時計を見た。まもなく二時だった。行かなくてはいけない時間だ。でも、どっちへ行ったらいいのだろう？　霧が繭のように彼女の周りを取り巻いていて、彼女は周りから締め出されていた。空間や方向の感覚がまるでなかった。その上、彼女が通ってきたドアは消えてしまっていて、引き返す道もなかった。

彼女は、手探りして、ライシーの封筒を開けた。先程の老人は中に何を入れたのかしら？　銀貨だった、二十五セントくらいの大きさの。一方の面に女王の肖像と、VICTORIA DEI GRATIA REGINA CANADAという文字があった。そうだわ。彼女は思った。カナダのビクトリアだわ。彼女はコインを裏返した。コインの縁に沿って楓の太い枝が彫ってあり、下はリボンで結ばれ、上は真ん中の王冠で分かれていた。

王冠の下に三つの言葉があった。25、セント、1881。一八八一年ですって？

それじゃ、ビクトリアというのは女王のことだわ、場所じゃなくって。でも、どういう意味かしら？　何が起きたのだろう？

パニックにならないように、彼女は地面にしゃがんで、呼吸に集中して、と考えながら自分をつよく抱きしめた。太極拳の呼吸法よ！　深く吸って……。

異様な臭いで彼女は我に返った。腐ったゴミとか汚水の、鼻を衝く臭いだ。何か他に甘い、茹でたポテトのような美味しそうな匂いもした。気が付くと、彼女は、両側を建物に挟まれた小道にいた。彼女は地面に座り、木の箱や木枠やゴミの山に囲まれて、壁に寄りかかっていた。顔を上げると、頭上に、星が輝いている空の一角があった。私、寝てしまっていたのかもしれないわと彼女は考えた。時計を見ると、まだ二時五分前だった。

立ち上がろうとした時、足音が聞こえた。彼女はできるだけ小さくなって身をかがめた。一群れの男たちが通り過ぎて行った。通りをそれて、狭い通りへ消えた者もおり、ドアをくぐって入っていった男たちもいた。不意にある考えが浮かんだ。慣れないところでは人目につかないように！　彼女は髪からリボンを取り、帽子のひさしを下げた。それから、時計を蛍光色のバックパックの中にそっと入れて、積み重なった木箱の後ろに隠した。

考えるのよ。彼女は自分に言った。もし今が一八八一年なら、ガラスの戸はそこにはないわ。でも、同じ建物なんだわ。今しなきゃいけないことは正しいドアを見つけることよ。そして……。

考えていると、突然、ガラスの割れるような音がした。怒った声が通りに響き渡った。三人の男たちが、すぐ前方にあるドアから飛び出してくるのを見て、彼女は凍ったようになった。一本の三つ編みに編んだ髪を振りながら、男たちは彼女の前を走って通り過ぎ、影の中に消えた。

「役立たずめ」

一人の男がその男たちに怒鳴った。

「見つけるまで、帰ってくるな！」

何を探しているのかしら？　と彼女は思った。それからちょっと立ち止まった。確かにその男は中国語の方言を使っていた。でも、彼女はその言葉が分かったのだ。そんなことがあるだろうか？　彼女は中国語なんて全く分からなかった。分かるのは新年の挨拶ぐらいだった。きっと彼女が想像しただけなのに違いなかった。

けれど、その出入り口は彼女の想像ではなかった。ジャスミンは注意深く中を覗いてみた。ぼんやりとした明かりの灯ったその部屋から、たばこ、汗、酒や石油のにおいがしていた。あらゆる年齢の男たちが大勢集まり、しゃべり、笑いながらサイコロを振り、牌をカタカタ言わせていた。ディーラーがボタンの山を分けると、ファンタンのプレイヤーたちは、騒がしく自分たちの賭け分を置いていた。麻雀の牌が、騒がしい声と一緒になってガチャガチャ音を立てていた。

立ち込める煙の中で、ジャスミンは、数人の男たちが、くぐり戸のあたりに集まっているのが見えた。一人が後ろに一歩下がった時、レジ係の姿が見えると、彼女は目を丸くした。確かだわ！　でもそんなはずない！　あの時のレジ係は人形だった。でもそこにいるのは本物の人間だった。終わりのない部屋にあった、あの場所はギャンブル用の部屋だった。ここは同じ場所かもしれない。そして、どこかに、もと来た方に帰る道があったのだ。

気づかれないように、彼女は破片や割れたガラスを掃き集めている少年の傍をこっそりと通り抜けた。いや、ガラスではなかった。陶器だった。ドラゴンの曲がった尾のように見える、緑色の一片だった。

「こっちへ来い、役立たずめ。全部掃除しろ！」

今度は間違いなかった。彼女が通りで聞いた声だった。同じ中国語の方言をしゃべっていた。そして彼女はその言葉が分かったのだ。顔に傷のあるその男は、少年に向かってこぶしを上げ、睨んだ。他の者たちと同じように、髪を一本の三つ編みにしていた。

でも、この男は他の者たちが着ているような、暗い色のズボンやキルトの上着ではなく、刺しゅうのしてあるローブをはおり、傲慢で偉そうな様子をしていた。時々レジ係からの相談の受け答えをし、いろいろなゲームを見て回りながら、テーブルからテーブルを、威張った様子で歩いていた。彼女はプレイヤー達がその男に監視されてびくびくし、彼が離れるとほっとした様子になるのに気付いた。

突然何の前触れもなく、男は一人の老人のジャケットをつかんで、椅子から持ち上げて怒鳴った。

「お前の役立たずの息子に、この伝言を届けろ。このブルースカー・ウオンをごまかそうなんて、思うなよ。やつはあと三日で借金の支払いの期限だ。聞こえたか、老いぼれ？　三日だぞ！」

「その人を離せ！」

少年は箒を握って勇敢に自分より年上の男に向かい合った。

ブルースカーはぐるぐる歩きまわり、顔は怒りで歪んでいた。

「俺の邪魔をするな」と彼は言った。

彼の声は鋼鉄のように冷たかった。袖の折り曲げたところからナイフを取り出し、少年に向かってそれを振りかざした。

「お前も命がないぞ」

少年は、ひるむことなく睨み返した。その目に、ジャスミンは見覚えがあるように思った。それともあれは他の誰かだったのか？　彼女は夢の中の少年を覚えていた。混みあった船の中で、独りぼっちで立っていたその少年を。そして又、自分がその眼差しに強く引き込まれたことも思い出した。あれはこの少年だったのだろうか？　もしそうなら、ここにいることは最初から意図されていたことなのだろうか？　何故か分からなかったが、彼女はこっそりと床にしゃがんだ。

「バー」

ブルースカーは、軽蔑したように唾を吐いた。

「仕事に戻るんだ」

彼の嵐が収まり、ジャスミンが見上げると、少年が、信じられないという顔で彼女を見つめていた。その顔の表情は、明らかに、「僕は君を知っている」と言っていた。それから、まるで夢を払いのけるように首を振り、床の掃除に戻った。

夜が更けるにつれて、次第に声が高くなっていった。ゲームが進むにつれて、勝者と敗者の喜ぶ声と絶望の叫びが混ざり合った。一度、燃えるようなブルースカー・ウオンの目が彼女に向けられているのを感じた時があった。彼女は、腕の中に顔を埋め、顔を隠したが、自分がよそ者だと彼に見破られるのではないかと恐怖に震えた。もしかしたら、私が寝ていると思って、そのままにしておいてくれるかもしれない。それとも、私を外へ追い出すかもしれない。又は、私を起こして、ギャンブルをさせるかもしれない。けれど彼女をどうにかする前に喧嘩が起こり、彼の注意はそちらの方に向いた。彼女は安堵のため息をつき、木枠の山の方に移動した。彼女は半ば身を隠して、出口を考えながら、その薄暗い部屋で一人震えていた。

目を開けると、部屋が静かで寒かった。ランプは消えており、たばこの濃い煙で曇っていた。開かれたドアが光越しに微かに見え、一人、少年だけが残っていた。彼はドアのところで、信じられないというように目をこすり、彼女を見つめていた。この子が、彼が夢の中で見たあの顔なのだろうか？　もしそうなら、床にしゃがんでいた女の子だ。もう一人の苦力の少女じゃなくって。でも、そんなことがあり得るだろうか？　彼が夢の中で見た顔は、別の時代からの霊のブライトジェイドの顔だ。この少女は、本物の生きている子だ。そして、彼女は彼と同じ時代の、この場所にいるのだ。彼女を試してみようと彼は決心した。突然向きを変えて、彼は小径に、ダッと飛ぶように走り込んだ。

ジャスミンは、飛び上がって、彼の後を追った。通りを下り、通路や中庭を抜け、物置小屋や、密集して建てられた粗末な家、壊れて倒れそうな垣根に囲まれた迷路の中を曲がりながら走った。風雨にさらされた掘立小屋は、重なったり、互いに上になったりし、ぐらぐらしていて、あっちこっちと信じられないようなやり方で、寄りかかり、倒れないようにと必死になって立っていた。それは、ぼろぼろの服を着た人たちが、互いに支え合いながら、小さな、汚れて、すじ模様になった窓から用心深く外をのぞき見ている様子を思わせた。

彼女は少年を見失わないように彼の後を追った。彼は、ものが積んである間を走り抜け、柱で支えられた、ぐらぐらする橋を渡り、雨や廃水に浸かった泥だらけの道を行き、ゴミでふさがれ、下水のひどい臭いが漂う狭い通りを走っていった。

一体、ここから抜け出る道を見つけられるのだろうか？　と考えた。ヘンゼルとグレーテルのように、パンくずで跡を残せたらいいのにと思った。彼はどこへ行こうとしているのだろう。魔女のところかしら？　それとも、もっと悪いところなの？　彼女は恐怖でチクッと刺されたように感じた。けれど、戻ることなど問題外だった。彼女は何かに引っぱられていた。説明できない力で。

少年は別の中庭に駆け込んだ。鶏小屋と野菜を作るための土の一角があった。雄鶏が鳴き、雌鶏がクワークワーと声を立て始めた。どこかで犬が鳴き、誰かが叫んだ。ジャスミンは、いくつかの洗濯物の列の下をしゃがんで通り、少年の後に続いて、木造の建物の裏に沿って這うように続いている階段を上った。一歩、また一歩、そしてまた一歩と上っていくと、彼はようやく赤いドアの前で止まった。ハアハアと息を切らしていた。

「ハー」

ジャスミンはあえいだ。彼女は、彼の前を擦るようにして通り、ドアに、もたれかかった。二枚の色褪せた張り紙が所々剝げ落ちた赤いペンキを隠していた。

「戸の守り神だわ」

女は言った。以前に本の中で見た恐ろしい戦士だと分かった。

「悪い霊や、望ましくない客を追い出すのよね」

そして彼女はにっこりした。彼女の目は驚きで輝いていた。なぜなら彼女の口から出たのは広東語だったからだ。そして彼女は、今までずっと使っていたかのように、すらすらとその言葉を話していた。

少年は頭が混乱して、ぽかんと口を開けた。彼女は彼のテストに合格したのだ。精霊は真っ直ぐにしか進むことができないということは、誰もが知っていることだ。なのに彼女は彼の後から、あらゆる種類の鋭い角度や曲がった道もついてきた。ということは、彼女は霊ではないのだ。でも、もし彼女がブライトジェイドじゃないのなら、一体彼女は誰なんだ？　どうして彼女は自分と同じ地方の中国語が話せるのだろうか。彼女はどこから来たんだろう？　多分ドラゴンメーカーならわかるだろう。彼はドアを開けて、中に入った。

ジャスミンは後に続いた。彼女は興奮でぞくぞくしていた。その部屋は、香の匂いがして、太くて丸いストーブが部屋の隅にあった。曲がった煙突が不安定に上に伸び、天井の穴に抜けていた。棚にはドラゴンが踊るように並び、古ぼけたテーブルにまで転がり込んでいた。一人の男が、彼女に背を向けて立ち、身をかがめていた。

デジャブ。叔母の言葉を思い出した。彼女は知っていた。その男は年を取っており、肌は赤銅色に日焼けしているということを。彼女は知っていた。彼は火がつけられた三本の長い香をもっていること、彼がそれを灰の入った入れ物に入れて、小さな祭壇の前に置くだろうということを。そして、彼はそのようにした。それから振り返り、言った。

「ようこそ、ジャスミン。よく来たね、ドラゴンのお嬢さん。分かったと思うが、わしがドラゴンメーカーと呼ばれておる者だよ」

彼の日焼けした顔が、くしゃくしゃとして、ゆっくりと笑顔になった。

ジャスミンはあとずさり、当惑した。

「どうして、私の名前を知っているのですか？」

彼は、彼女の心の中深くまで突き刺さるような目で見た。まるで何かを探しているかのように。

「わしは別の世界でお前を知っておるのだ」と彼は言った。

その声はビロードのように温かかった。

「お前を待っていたよ」

「何故？」

「やがて分かるだろう」

彼は少年の方を向いた。

「ケーアン、彼女にスープをあげなさい。何か食べて、少し休まねばな」

ジャスミンはハーブの香りを嗅ぎ、自分がどんなにお腹がすいているか分かってびっくりした。スープを飲み終えると、ドラゴンメーカーが良い香りのするお茶の入ったカップを持ってきた。薄くて白い繊細な花びらが浮かんでいた。一口飲むと、初めてそれを味わった時のことを思い出した。それは彼女の父が、家から出ていく前の晩のことだった。

「お前にちょっとジャスミンを買ってきたよ。それを飲んで、中国にいる私のことを思い出してもらうようにね」と父が言った。

彼女は父と話をすることも、顔を見ることすらしなかった。父が部屋を出ていったとたんに、彼女はそれを流しに空けてしまった。

波のような疲労が彼女を覆った。あの少年がスープの中に眠くなるものを入れたのだろうか？　多分チキンの粉がスープに入っていたのかもしれない。それとも、もっと悪い……。おそらく、ドラゴンメーカーの声が彼女を睡眠状態に入らせ、彼女をトランス状態にしたのかもしれない。彼女の頭が下に垂れ、息ができない程まぶたが重たくなった。

少年は彼女の腕を取り、クローゼット程の大きさの部屋に連れていった。厚い板の床にマットが敷いてあった。彼女がその上に、ゴロッと横になると、彼女にキルトを掛けた。

「あなたは誰？」

彼女は眠たそうに聞いた。

「あなたはどうしてここにいるの？」

「僕はチャン・タイ・ケーアン。僕は父を探しに来たんだ」

「私も父を亡くしたわ」と彼女が言った。

「そして、私の母も」

彼女の顔が歪んだ。涙が目を刺し、チクッとした。彼女は目を閉じて、眠った。

ブライトジェイドは庭で待っていた。

「長い旅だったわ」と彼女は言った。

「でも、忘れないで。千マイルの旅も、たったの一歩から始まるのよ」

「そして千年の旅は、たった一つの夢から始まるのね」とジャスミンが言った。

「これが私の虎よ」

ブライトジェイドは、お守りをさし出して言った。

「でも失くしてしまったから、見つかるまで、私は休むことができないの」

その白いひすいが、手の中で塵になってしまうと、彼女の顔に涙が流れた。

「大勢の人が亡くなり、もっと多くの人がこれからも亡くなるでしょう。それが、白いひすいの虎の呪いなの」

彼女はゆっくりと背を向け、歩み去った。

「待って！」とジャスミンは声を上げた。

「私と、どういう関係があるの？」

ブライトジェイドは何も答えなかった。ジャスミンは、彼女の後を追って部屋の外に出て、階段を下り、もつれて迷路のようになった家のあいだを通り、小道に出た。

そこでブライトジェイドの霊は消えた。

第九章

「意識が戻ったわ！　ジャスミン、何があったの？」

霧の中から声が聞こえてきた。その声はだんだん近くなり、彼女を呼び戻していた。見上げると、クラスの一団が心配そうな顔をして、彼女を上から見るように身をかがめて立っていた。

「何があったの？」とベッキーが聞いた。

「倒れでもしたの？」

「起きて、ジャスミン」とクリスタが言った。

「もう二時だから帰る時間よ」

「二時ですって？　そんなはずないわ。あれだけのことが起きたのに、それじゃあ時間が合わない。一晩を過ごしたっていうのに……」

みんなの狐につままれたような顔を見て、彼女は不意に口を閉じた。

「何を言っているの？　一晩って何？　あれだけのことが起きたですって？」

「何でもないの」

彼女は煉瓦の壁に寄りかかって立ち上がろうとしたけれど、めまいがして、倒れた。

「大丈夫？」

ベッキーが身をかがめて、彼女が立ち上がるのを助けた。

「死にそうな顔をしているわよ」

「頭が変だけど、それだけよ」

彼女は、数回瞬きをして、自分の周りに意識を集中しようとした。自分がファンタンアレイにいたのは確かだった。ガラスの戸があり、そこから通りに出る通路があった。彼女が行ったのは、本当にそこだったのだろうか？

「私のリュックサックはどこ？」

彼女は突然思い出した。

「木箱のうしろに置いたんだけどー」

「大丈夫、ここにあるわ」

リュックを手渡しながら、クリスタが言った。

「倒れた時に落としたのよ。さあ、叔母さんが待っているわ」

ジャスミンは、最後にもう一度あたりを見回した、見えないかと思って……。

何を？　はっきりとは分からなかったけれど。でも、あの通りを出る前、彼女は自分の名前を呼ぶ声を聞いたように思った。肩越しにチラッと見ると、暗い影が彼女の方をじっと見つめているのが一瞬見えた。半ば霧に隠れていたけれど、前方に差し伸べられた手が、彼女に行かないで、と懇願していることがはっきり分かった。

ケーアンは必死だった。彼はジャスミンが部屋をこっそり出て、階段を下りていくのを見ると、彼女が迷路のようになった掘立小屋や通路を通り抜けて、小道に戻って行く後を必死に追いかけた。

「ジャスミン、戻ってきて！」

彼は、手をあげて叫んだ。けれど次の言葉を言う前に、彼女は消えてしまっていた。

「彼女はどこから来たのですか？」と彼は聞いた。

「彼女が霊ではないというなら、いったいどうやってあんな風に消えたのですか？　全てが夢なのですか？　あなたは僕のお茶に阿片を入れたんですか？」

「いや、そうではない」

ドラゴンメーカーはきっぱり言った。

「お前は夢を見ていたのではないよ」

「どうして彼女はよその国の人のようなのですか？　彼女は僕と同じ服を着ていたけど、まるで――」

「バーバリアン（野蛮人）のようだったかね！」

ドラゴンメーカーはクスクスと笑った。

「ドラゴンと同じで、ブライトジェイドの霊はいろんな形をとることができるのだよ。二千年にも亘って万華鏡のように変化してきた姿を、誰も言い当てることはできまいよ。霊は姿を変えて、たくさんの異なる住処を求めてきたのだ。心配することはない。すべて、あるべきようになる」

彼は、雲の中ではねる、新しいドラゴンを作り続けた。

「戻ってくるのですか、彼女は？」

「もちろんだ。だがお前がもっとも予想しない時にだけだ。だから、ブルースカーに鞭で打たれる前に、店に戻るんだ。さあ、行きなさい！」

彼はやさしく少年を部屋から追い出して、粘土作業に戻った。

＊＊＊

「それで、チャイナタウンはどうだったの？」

家に帰る車の中でバルが聞いた。

「ええと……想像していたのとは違っていたわ」

「珍しいでしょう？」

「チャイナタウンをよく知っているの？」

「ええ、チャイナタウンは大好きよ。それがここに住まいを買った理由の一つよ。とても近いから。ところで、あなたの服装はうまくいった？」

「すごくね。まさにぴったり溶け込んだわ」

「同じような服装をしている子はいたの？」

「たくさんいたわ」

彼女はニッコリして言った。

「みんな一本編みのおさげをしていた」

そう、それは本当だった。彼女は溶け込んでいた。彼女は人から見えない状態だったに違いない。ケーアンにだけは違ったけれど。それに、あの傷跡のある恐ろしい男と。

「今まで……」

彼女は、叔母に話したい誘惑にかられたが、何かが彼女を止めた。

「何？」

「あ、何でもないの」

彼女は、まだ何も言わないでおいた。自分の中で物事がもっとはっきりするまで。バルには、私にもっと慣れてもらった方がいいわ。そうじゃないと、頭のおかしい子を預かったなんて思うかもしれないから。

部屋に帰ると、彼女は苦力の服を脱いで、窓際の椅子に置いた。彼女は確信した。彼女が夢で見たのはケーアンだったのだと。でも、なぜ、彼女は、彼に話しかけなかったのだろう？　あの時間はすべて無駄だった。彼女は戻らなければならなかったし。

でも、どのようにして？　ジャスミンはあの二十五セントを取り出した。もしかしたら、このコインが、彼女を一八八一年へ導く引き金になったのだろうか。それか、鍵を持ったあの老人？　それとも、あの虎だろうか？　彼女はシャツの端でコインの汚れを拭き、たんすの上に置いた。明日、チャイナタウンへ行って、もう一度やってみよう。その間、彼女は叔母の本を何冊か拾い読みし、それからキルトに取りかかった。そして、彼女は自分の人生の新しい謎に思いを巡らせたのだった。

その部屋には、一方の壁に松の本棚があり、何百冊もの本が詰まっていて、タイトルごとに丁寧に分類されていた。バル図書館だわ、ジャスミンはクスッと笑って言った。父が彼女に言うのが聞こえるようだった。

「おそらく彼女は、君に名前を書いて貸し出しカードを発行するだろう」

まあ、結局のところ彼女は司書だったのだから。棚から棚へ、神話、迷信、カナダ史、冒険、旅と並んでいて、中国に関する本には、歴史、美術、民話、ドラゴンなどがあった。彼女は棚から一冊の本を引っ張り出して、窓際に座り、ページをめくり始めた。

すぐに彼女はドラゴン伝説のところで夢中になってしまった。五つのタイプがあった。神の家を守る天のドラゴン、風や雨を治める精霊のドラゴン、川をきれいにし、海を深くする、地のドラゴン、五つの爪を持つ、皇帝のドラゴン、そして、隠された宝を守るドラゴン。あなたはどれなの？　と彼女は自分の青い色のドラゴンに尋ねた。何らかの方法で答えてくれるのではないかと期待して、彼女はそのドラゴンをじっと見つめた。彼女が確信しかけた丁度その時、バルが台所から彼女を呼んだ。

「夕ご飯よ」

ジャスミンは信じられない思いで時計を見た。もう六時なの！　時のたつのに全く気付かなかったのだ。

ドラゴンを見たとたん、バルの目がぱっと輝いた。

「どこでこれを手に入れたの？」

彼女は跳ね上がっているドラゴンの尾に指を走らせながら、聞いた。

「チャイナタウンの終わりのない店よ。博物館になった部屋にあったの。以前はギャンブルの部屋だったところよ」

「他にもあったの？」

「陳列ケースの上の棚全部にあったわ。すごく埃まみれで、長い間そこにあったようだったわ」

バルはベッドの縁に座り、ドラゴンを注意深く調べた。

「これは、間違いなくドラゴンメーカーがつくったものよ」

ジャスミンは興奮を隠そうとした。

「ドラゴンメーカーですって？」

バルはうなずいた。

「十九世紀の終わり頃チャイナタウンに住んでいたの。粘土でドラゴンを作り、それらを売っていたのよ。いつも自分の作るドラゴンの中に、ものを隠したらしいのよ。だから、ドラゴンが割れると、その持ち主は何か他の物を見つけたの。多分、失くしたものの代わりということね」

ジャスミンはギャンブルの部屋で見た、割れた陶器を思い出した。ドラゴンの尾によく似たかけらだった。それが、割られた理由だったのだ。誰かが何かを探していたのだ。

「中に何を入れたの？」

「それ程価値のあるようなものじゃないわ。小さな土の漁師とか絹の切れ端とかよ。一度、誰だったか、内側が分かれた綿のスリッパを見つけた人がいたわ。あなたのドラゴンにも何か入っているかもしれないわね」

「でも、粘土を焼く時に、中の詰め物も燃えてしまうんじゃない？」

「いいえ、燃えないわ。ドラゴンを作った後で、半分に切って、中をくりぬいたのよ。そして、半分ずつになったのを焼いたの。それから、中に秘密の物を入れて、二つをつなぎ合わせるの」

彼女はかすかに見える線を指さして言った。

「見える？　つなぎ目があるでしょ？」

ジャスミンはドラゴンを振ってみた。

「何か音がするのが聞こえるかしら？」

「いいえ、このドラゴンメーカーはね、秘密が分かってしまうのを嫌ったの。だから、布切れでしっかり包んだのよ」

「そういうことは、どうして分かったの」

「何年も前に、チャイナタウンのことを色々調べて分かったのよ。昔の人は知っていたけど、今はもう知っている人はいないわ。ドラゴンの姿が消えてしまってからわね。あなたがドラゴンを見たっていうのは面白いわね。誰かが、どこからか掘り出したのかもしれないわ」

「ドラゴンを見たことはある？」

「いいえ。あなたのが初めてよ。子供の時はよくチャイナタウンへ行ったわ。一九四〇年代よ。私の親は気に入らなかったけれど、それでも私は行ったの。広東語まで少し話せるようになったのよ。それが分かった時、わたしの父は、ひどく怒ったわ」

ジャスミンはびっくりして叔母の顔を見た。

「反抗ね！　どうしてあなたの両親は、あなたがチャイナタウンに行くのを嫌ったの？」

「その当時は、事情が違っていたの。禁断の場所で神秘的だったのよ。狭い通り、曲がった通路、不思議な景色、音、におい。私はすごく好きだったの。いつも自分がチャイナタウンで、何かを探しているような気がしていたわ。でも何を探しているのか、全く分からなかった。だから、見つからなかったのよ」

「ドラゴンかもしれないわ」とジャスミンが言った。

「明日行ってみましょうよ」

ある考えがひらめいた。

「中国では、もう明日でしょ？　お父さんは元気だと思う？」

まだ父のこと嫌いだけど、と、声には出さないで、彼女は付け加えた。

「もちろんよ。きっと、もうすぐ電話してくるわ」

「チャイナタウンからはがきを出そうかな。泊まっているところが分かったら」

父に対する怒りはあったが、どこにいるのかも分からないというのは耐えられない気がした。彼女はケーアンのことを思った。彼は見知らぬ土地で、父親を探しているのだ。彼もまた、まるで自分の一部が切り取られてしまったような、空虚な気持ちでいるに違いない。

バルは、ジョンソンストリート橋を、きびきびした足取りで渡った。ジャスミンは自分の足が長くて良かったと思った。そうでなければ、きっと彼女についていけないだろう。叔母は、昔反逆児から人間発動機のようにエネルギッシュになっていた。

「気分転換に太陽を見るのもいいわね」

彼女は朗らかに言った。ジャスミンも同意した。でも霧だったらいいのにとひそかに願った。おそらく前日彼女が経験したことは、霧と関係があったのかもしれない。

車が音を立てて、橋の鋼鉄のデッキを走っていった。

「橋が上にはねる時は警告があるのよね？」

彼女は心配そうに、操作する人用の小屋を見て、聞いた。

「土曜日はないわよ」

バルはからかった。

二人は、商店街を通り、レストラン、ギャラリー、そして倉庫を通り過ぎて、フィスガード通りに出た。

「ここよ。終わりのない店」

「完璧な名前ね」とバルが言った。

彼女は先に立って小さな部屋、部屋や、つながっている通路を通りながら、大きな声で、昔、彼女が来た時にあったものの名前を挙げ、彼女の興味を引いたものについて、かたっぱしから、立て続けに解説をしてくれた。ジャスミンは、ただ半分聞いているだけで、ドラゴンのところに行きたくて仕方がなかった。ようやく最後の部屋に着いた。

「さてと。ここのどこか、なのね？」とバルが聞いた。

「ええ、右の上に……」と彼女は言いかけてやめた。

何もない煉瓦の壁を見てあっと驚いた。

「ここに棚があったのよ。ドラゴンがいっぱいのっている棚が」

「確かなの？　もしかしたら、部屋の別のところにあったのかもしれないわね」

「いいえ！」

彼女の声はものすごく大きく、必死の調子だった。

「本当に、そこにあったのよ」

彼女はカウンターの後ろにいる店員に近づいて言った。

「ドラゴンはどうなったのか知りませんか？　陳列ケースの上の棚にあったんですけど」

その店員は首を横に振り、

「私が覚えている限り、棚なんてあったことがありません。でも、店の前にたくさんドラゴンをおいていたことはありますよ」と言った。

「でも、この部屋にあったわ」とジャスミンは言い張った。

「昨日ここにいた男の人はいますか？」

「誰のこと？　買い物をしていた人ですか？」

「いいえ、ここで働いていたわ。私にドラゴンを売ってくれて、中にコインの入った封筒をくれたの」

店員はいらだって、ため息をついた。

「私は、昨日は、一日中ここにいたんですよ。お昼ご飯の時間以外は。学校の生徒さんが大勢来ましたから」彼女はバルにチラッと目をやり、それからジャスミンの顔を見て言った。

「夢でも見ていたんじゃないですか？」

ジャスミンは彼女の、一つに編んだ髪をねじって、混乱を隠そうとした。

「お昼の休憩は何時だったのですか？」

「一時半頃ここを離れましたよ」

それじゃ、私がドラゴンを買った時は、ここにはいなかったのよね。とジャスミンは考えた。だから、あの男の人は、あなたが知らない間に、ここにいることは可能だったのだわ。彼はあの後ろから来て――彼女はびっくりした顔で、部屋の奥の隅にある壁を見た。カーテンの引いてあったドアもなかったのだ。でも、ファンタンアレイに続いているガラスの戸口はあったし、NO EXITのサインもあった。

「あそこから出てもいいですか？」

「もちろん」とその店員は言った。

「どうしてあんなサインをそのままにしているのか分からないんですよ」

ジャスミンは深呼吸をして、ドアを開けた。もしかしたらケーアンが向こう側で待っているかもしれないと期待して。でもいなかった。前日はどんな魔法が働いていたのか分からないが、その世界は消えていた。

「今度はどこへ行くの？」

バルが聞いた。

「お昼ご飯にはまだ早いけど、どう？」

「いいわ」

ジャスミンはニッコリした。叔母が、彼女を困らせるような質問をしたり、ちょっと頭のおかしい子、のような扱いをしないことが有難かった。彼女は、ドラゴンの話が本当のことだと分かっていた。どこかから来たのだ。

もう一度やってみよう、そして正しいやり方で。探偵のように、物事を正確に組み立てるのだ。最初そうであったのと全く同じように、きっちりと、彼女の髪の赤いリボンのところまで。口ずさみながら、彼女は自分の計画を微調整し、焼きそばに突進した。箸さえ彼女に協力的だった。

第十章

蛇の年は、あっという間に一八八二年の馬の年になった。その年の新年は、ビクトリアでは風の強い日だった。あまり風が強かったので、中国人に恒例の花火を上げるのを止めるようにと警告があった。それでも、ケーアンとドラゴンメーカーは香を焚いて、台所の神様の前に菓子を供え、ひすいの皇帝に良い報告を持っていってもらえるようにと祈った。それから、ストーブの後ろから煤で汚れた仏像を動かし、ぴかぴかの新しいものと取り替えた。

「さて、掛け軸だ」

そう言うと、ドラゴンメーカーはケーアンに細長い、赤い紙を手渡した。

ケーアンはびっくりした。

「僕が書くのですか？」

ドラゴンメーカーは、目を輝かせて、少年の前に硯と筆を置いた。

「お前は優秀な生徒だ。学ぶことへの大きな能力を持っておる」

彼は誇らしそうに言った。

「すぐに英語のレッスンも始められるだろう。だが、今は、繁栄、長寿、幸福という字を書いて見せてくれ」

「Gung hey fat choy!」

ケーアンは、嬉しくて、顔を赤らめ、書き始めた。一筆、一筆、完璧な字を書こうと努めた。母はすごく誇らしく思うだろう。この新年の軸がドアに下がっているのを見たら。そして、父は……。

ケーアンは集中できなくなっていった。筆を紙の上に運びながら、心の中から心配事を振り払おうとした。けれど、そうしようとすればする程、ますます混乱するのだった。

最初は、女の子だった。霊ではない霊の女の子。長い秋の間中、もう一度会えるのではないかと思って。彼は最後に彼女にあった場所に行ってみた。でも彼女は現れなかった。

「どうして彼女は戻ってこないんですか？」と彼は聞いた。

「その時が来たら戻るとも」とドラゴンメーカーが答えた。

「その時になったらな。ブライトジェイドは二千年、私たちと共におる。忍耐を学ぶことができるだけの年月をだ。だが、彼女の霊は休息できないでいる。そう長いことではないだろう」

それに、父のことがあった。鉄道の建設は、冬の間はゆっくりとしたペースになり、チャイナタウンの人口は膨れ上がる。一月には、家族と新年を過ごそうと、男たちはビクトリアに押し寄せ、中国に帰る船を待つのだ。毎晩彼らは粗末な小屋にすし詰めになる。ケーアンは、毎晩同じ質問をした。

「僕の父を知りませんか？　チャンサムと言います。虎の年に、鉄道工事で働きに来ました。見たことはありませんか？」

彼ら自身も、家や家族から離れて来ている父親や息子なので、みんなケーアンに同情してくれたが、助けにはならなかった。彼らは、

「川沿いにはキャンプがたくさんあるから、お前の父親はその中の一つにいるかもしれないな。それとも、イェールで働いているかもしれん。それとも、掘りつくされた鉱山で、金のかけらを削り取っているのかもしれんぞ。フレイザー渓谷へ行って、そこで聞いてみろ」とケーアンに言った。

彼らはまた、二度と戻ってこない男たちのことも話した。

「たぶん、お前の父親はそのうちの一人かもしれん。おそらく、まともに埋葬もされず、渓谷に残された名前のない死体の一つかもしれんぞ」と彼らは言った。

ケーアンは首を横に振った。

「死んでいたら分かります。父の魂が僕に告げます」

「それじゃ」と彼らが言った。

「親父さんの魂に導いてもらいな。俺たちは自分のことで、手一杯なんだ」

それに、ブルースカー・ウオンの問題があった。というのも、チャンサムを捜しているのは、ケーアンだけではないように思えたからだった。

「ブルースカーは、何故僕の父にあれほど興味があるんだろう？」

彼は声に出して言った。

「毎日、父のことを聞くんだ。どこにいるんだ？　いつ帰るんだ？　って。でも僕が、父を探しに行かなければならないと言うと、ブルースカーは、僕を行かせてくれないんだ。お前は、まず働いて金を稼ぎ、母に送った金を返せって言うんだ。だから僕は、一日中彼のレストランで働いている。夜は、ギャンブルの部屋で。あー、もー」

彼は怒って筆を床に投げた。

「僕はおりの中の虎のような気分だ」

ドラゴンメーカーは、落ち着いてドラゴンの頭を作っていた。

「お前にまだ話していなかったんだが、お前の父親に約束したのでな。だが、賢い約束ではなかったかもしれん」

彼は少年をじっと見つめた。

「ブルースカーは、持ってはならんものを欲しがっておるのだ。白いひすいの虎をな」

ケーアンの心臓はドキドキし、鼓動が速くなった。虎だ！　彼は今まで他の問題で一杯になっていたので、お守りのことをすっかり忘れていた。

「知っているんですか？」

ドラゴンメーカーはうなずいた。

「お前の父親は、虎の年にビクトリアに着いた。その当時、中国人は、滞在するための許可書を買わねばならなかった。三か月ごとに、税金を集めるものが、執行吏を連れて、チャイナタウンにやってきた。許可証のない者は、一人残らず持っているものを取られたのだ。商人も、普通の者も、品物を積んで警察所へ持っていった。お茶の箱、大量の布、アヘンの包み、何箱もの私有財産が、公の売買用に積み上げられた。たくさんのドラゴンも、その積まれた山の中だ」と彼は言った。

「そしてお前の父親からは白いひすいの虎を取ったのだ」

「でも、どうやって――」

「まて、まて」

ドラゴンメーカーは手を挙げて言った。

「わしらはこの税を受け入れなかった。税金を払わないで、ストライキをやったのだよ。一人の中国人も仕事に行かなかった。運河で働く者も、工場の労働者も、クリーニング屋も、靴を作る者も。一人もだ！　金持ちの白人の婦人たちは自分で家事をしなければならなかった。ホテルのオーナーは、自分で料理を作り、きれいなナプキンがないので、悪態をついた。男たちは自分で薪を作り、自分で靴を磨いた。まことに不都合なことだったと思うよ」

彼は、クスクス笑った。

「ストライキは五日続いた。それから政府はとりあえず課税を続けることはできないと分かったのだ。そして品物は返されねばならなかった。だが、その執行吏はすでに多くの所持品を売ってしまっていた。誰がひすいの虎を買ったと思うかね？」

ケーアンは叫んだ。

「ブルースカー・ウオンだ！」

「でも、どうやって父はそれを取り返したのですか？　そしてどうやって……」

お前の父親は、時々ブルースカーのアヘン部屋で働いておった。ある晩、ブルースカーがアヘンをやって、朦朧としていた時、チャンサムはチャンスをつかんだんだ。

彼はブルースカーの上着の折り返しのところにチラッと虎を見た。それで、それを取り、すぐにわしのところに来た。万が一、ブルースカーに見つかったら命はないと恐れていた。わしはフレイザー渓谷に行って、鉄道で働く者たちの中に紛れるように忠告したのだ。彼に代わって、わしが虎を隠してやると申し出たが、彼は断った。ウオンは真っ先にここへ捜しに来ると彼は言った。

その通りじゃった。次の朝、ブルースカーと奴の犬が、虎を見つけようと、わしの部屋をめちゃめちゃにしていった。わしの虎を一つ残らず壊していった。中に、虎を隠したと考えてな。だが、奴は見つけることはできなかった。

「行くがいい」

わしは、やつに言った。

「虎は、虎を食らった。だが、この中にはない」となる。

「何故ブルースカーは、そんなに虎を欲しがるのですか？」

「途方もない価値があるからじゃ。しかしそれはブライトジェイドに返されなくてはならんものだ」

ドラゴンメーカーは力を込めて、そう言った。

「虎が持ち主に返されて初めて、その呪いが終わるのじゃ」

「でも、どうやって？　僕には分かりません。そもそも、どのようにして、父はそれを手に入れたのですか？」

ドラゴンメーカーは遠くを見た。話したくない様子で。そして、ようやく彼は言った。

「洪水の時、その虎はブライトジェイドの墓から流されてしまった。何年か後に、チャンサムが、泥の中に埋まっているのを見つけたのだ。彼はそれをお守りとして持っておった。そして金山に出かける時、それを持って行ったのじゃよ」

「僕の父がそれを持っていたのですか？」

ケーアンはびっくりした。母に、なんと話せばいいのだろう？　自分の父が、虎を見つけて、呪いを家族の上にもたらしたということを。いいや。そんなこと絶対に言えない。彼はあまりにも恥ずかしい気持ちだった。

すごく考えてから、ケーアンは母親に手紙を書いた。全てうまくいっている。ドラゴンメーカーに、読み方と書き方を教えてもらっている。レストランでひと財産稼いだので、もうすぐ父に会い、きっと一緒に家に帰って、羊の年のお祝いができるだろう。それから自分の名前を書き、彼の書いたこと全てが本当というわけではないことを、神様が許してくれるように祈った。

第十一章

「お父さんから電話よ」

ジャスミンは布団に顔を埋め、寝ているふりをした。やっぱり中国に行ってしまったのね。バルに居所を言うから、もう私の中で、お父さんが行方不明ということではなくなるのだわ。でも、話なんかしないから。それから彼女はケーアンのことを考えた。彼のお父さんは見つかったのかしら？　それとも永久に行方不明のままなのかしら？　なのに、自分の振る舞いときたら、拗ねて……。

「いきます！」

彼女はベッドから飛び出して、電話のところに走っていった。

「もし、もし、お父さん！」

彼女は冷たく、よそよそしい声で話そうとしたけれど、うまくいかなかった。なんといっても、地球の裏側から電話をかけてくれているのだ。

彼は、手紙が程なく着くと思うから、手短に話すよと言った。うまくいっているかい？

「ええ。いなくて寂しいわ、お父さん」

それでは、彼女はそれ程メソメソしているようには聞こえないだろう。

「ただ、お父さんは、飛びっきりのラザニアを作れるからよ」

「待ってなさい。ウナギのソテーと蒸しナマコを食べさせてやるから」

「お父さんたら！　気持ち悪いわ！」

「チャイナタウン行きはどうだった？　中国に来る気になったかい？」

「ウーン、行ってもいいかも。条件次第だけど。考えてみるわ、いい？」

「いいよ、お前が決めることならどんなことでもいいよ。愛してるよ。手紙を待ってるからね。じゃ、さようなら」

「さようなら、パパ」


会話は突然終わった。話したいことがとってもたくさんあったのに。でも、一体どのように話せばいいのだろう？　彼女が、もう一度チャイナタウンに戻ろうと思っていることを、それも、もっと奥の方へ。どのくらい長くなるのかも分からないのだ。終わりのない店の出入り口の事、ファンタンアレイのギャンブル部屋のこと、それにケーアンやドラゴンメーカーのことを、父親にどう話せばいいんだろう？　そんなこと電話で、それも長距離電話で気楽に話せるようなことではなかった。

その姿は、川の上空を捉えどころなく漂っていた。

「待って！」

ジャスミンは必死についていこうとして、叫んだ。けれど、その姿は上流へ漂っていく。渦巻く流れも、ぐるぐる回っている泥水も気にする様子もなく。

ジャスミンが岸辺でつまずくと、幽霊のようなものが、姿を現し始めた。それらは水から出て、そびえ立つ崖から舞い降り、ふわふわ漂っていた。何百もの、その幽霊のようなものは、そんなにたくさんいて、混みあっているのに、渦巻き、曲がりくねった川の流れの中で、不思議に静かだった。

まもなく、その姿は、峡谷の切り立った壁のところにある道に着いた。すると手を挙げて、幽霊の群れを止めた。それから、ゆっくり、ゆっくり、振り向いた。

「いいえ、ジャスミン。戻ってきたのはあなたよ」

ブライトジェイドは川の上で止まり、ついてきた幽霊たちを抱きしめるように、腕を差し伸べた。彼女は急流の上にいて、とてもか弱そうに見えたが、同時にとても力強かった。まるで手の一突きで、川を止めることもできるように思えた程だった。

「どこへいくの？」とジャスミンが聞いた。

「私たちはヘルズゲイトを通っていくのよ」

彼女はささやくように言ったが、その言葉はこだまして、峡谷の壁に反響した。

「待って！」

ジャスミンは追いかけようとしたけれど、幽霊たちが彼女の行く手を遮った。花崗岩の壁からうなり声が響き、峡谷じゅうにとどろき渡った。ジャスミンの目の前で幽霊たちが渦巻いて一つの姿になった。飛び跳ねる虎の姿に。その虎のあまりにも悲しそうな、怒りの吠え声に、ジャスミンは自分の耳を覆い、悲鳴をあげた。

突然部屋が光でいっぱいになった。叔母がベッドの上に身をかがめていた。

「ジャスミン！　どうしたの？」

「夢……虎が……」

彼女の声は震えていた。

「ヘルズゲイトって聞いたことがある？」

バルがその問いに驚いたとしても、それを表には出さなかった。

「そうね。おそらく、地獄の外の門という意味かしら。そんなものが実際にあればね。それともフレイザー渓谷にあるのかもしれないわ。川が狭いところを流れているのよ。あなたが夢に見たのはそういうことなの？」

「そうかもしれない」

彼女は深く息をした。

「フレイザー渓谷には、大勢の中国人が住んでいたの？」

「ええ、それは多くの人がね。カナダ太平洋鉄道が建設されている時には、何千人という中国人が住んでいたわ」

「そして、大勢の人が亡くなったの？」

「何百人もね」

バルはジャスミンの額をそっとたたいた。

「さあ、もう寝たらどう？」

「うーん」

ジャスミンはつぶやいて、ふとんの中に潜り込んだ。

「これで、行くべき所が分かったわ」


次の日の朝、ジャスミンは、ライシーの封筒とドラゴンをリュックサックにしのばせた。彼女は、前回の時の、苦力のズボンとジャケットという暗い色の服を着た。それから、髪を一本の三つ編みにして、帽子をかぶった。綿の布製の靴に赤いリボンと、何もかも全く同じだった。

「チャイナタウンにいくのね」とバルが言った。

「いいでしょう？　行き方は知っているし、すぐ帰るわ」

「いいわよ。ただ約束してね。面倒なことは起こさないって」

「あら、面倒は私の第二の天性よ。少なくとも、パパはそう言ってるわ。パパにチャイナタウンからハガキを出すわ。住所が分かったから。何かいるものはない？」

「ガンパウダー茶を少し買ってきてくれる？　小さな緑の箱に入っているわ」

彼女はジャスミンに五ドル札を渡した。

「角の近くの食料品店に売っているわ」

「オーケー。フォーチュンクッキーも買ってくるわね」

「今朝は元気がいいわね。悪い夢を見た割には」

「あら、あれは悪夢なんかじゃないわ。メッセージだったの」

彼女は十時に終わりのない店に着いた。

「おはようございます」

彼女の姿を見ると、店員が言った。

「ハーイ！」とジャスミンはニッコリして返事をした。

そして、鼻歌を歌いながら、後ろの部屋の方へ行った。マネキンがいた。陳列ケースがあった。そして煉瓦の壁があった。でも、棚も、ドラゴンも、カーテンの引かれたドアもなかった。

気にしない。彼女は自分に言い聞かせ、がっかりしないようにした。まだ終わりじゃない。彼女は、NO EXITのサインがあるドアに向かった。

「ここから出てもいいですか?」と彼女が聞くと、カウンターの後ろで本を読んでいた若い男は、顔も上げないで、

「どうぞ」と言った。彼女は胸をドキドキさせてそのドアを開けた。

そこに、彼はいた、脇道の灰色の夜明け色の中に立っていた。

「ジャスミン!　ようやく来たんだね、君は!」

彼女の心臓は、喜びで軽やかに躍った。彼は彼女を待っていたのだ。彼女の来ることを知っていたのだ。

「僕はとっても長い間、君を待っていたんだ」と彼は言った。

ジャスミンは笑った。

「たった二日しかたっていないわ。昨日来ようとしたんだけど、でも通り抜けられなかったの」

「昨日だって!」

彼は顔をしかめた。

「でも……僕は何か月も待ったんだ。ほとんど一年、何のサインもなかった。夢にだって現れなかった」

ジャスミンは当惑した。

「今年は何の年？」

「馬の年だ」と彼は言った。

「君が最初に来た時は一八八一年の十月だった。今は、一八八二年の八月の終わりだよ」

それじゃ、彼女の時間と彼の時間の間には何の関係もなかったのだ。日にちや、月や、年といった時間には。考えてみると、彼は実際、少しだけ年を取っているように見えた。前より背が高くなり、前より痩せていた。そして彼の額には微かなしわがあった。心配から？　悲しみからかしら？

「大丈夫？」と彼女は聞いた。

「うん」

彼はためらうように言った。

「いや、大丈夫なんかじゃない」

彼の顔の筋肉が緊張した。

「僕は、父さんを見つけられなかった。家に帰るだけのお金もない。それに黄金の山なんてないんだ。みんな嘘なんだ」

「気の毒ね」

ジャスミンはどう慰めたらいいのか分からないまま、そう言った。

「できれば――」

ぱっと閃いて、彼女は赤いリボンを取り、彼に手渡した。

「これが幸運を持ってきてくれるかもしれないわ」

「ありがとう」と彼は言った。

笑顔の中にえくぼが浮かんだ。彼女を連れてチャイナタウンの迷路のようなところを抜けていきながら、ケーアンは彼女に言った。

「不思議だなあ。君がたった今、現れたのは。ぼくは、今日、ここを出て行くんだ」

彼女はうなずいた。

「フレイザー渓谷へ行くんでしょう?」

そして、それがこの世で最も自然なことであるかのように、彼女は言った。

「私も一緒に行くわ」

ケーアンは、ドラゴンメーカーの小屋に駆け込んだ。

「彼女が戻ってきた！」

彼は叫んだ。

「でも、僕と一緒に行きたいんだって！」

彼は手を広げていった。

「そんなこと、不可能だ！」

ドラゴンメーカーは、顔を輝かせた。

「ジャスミン！　出かけるのにちょうど間に合って、帰ってきたんだね。だが二人とも座って、旅に出る前に何か食べていきなさい」

彼は二人の前に、ご飯の碗と、肉がいっぱい詰まった団子の大皿を用意した。それから湯気の立っているお茶をカップに注いだ。二人が食べていると、彼は、首をあちこち傾げながら、ジャスミンを子細に調べるように見た。その探るような態度に、ジャスミンは居心地が悪くなった。それ以上無視することができなくなって、彼女はとうとう箸をぱっと置いた。

「行かなくちゃ！　私はうまく潜り込めるわ。きっとできるから。ギャンブル部屋にいた人たちは誰も私に気づかなかったわ。私は他の多くの苦力達と同じ服装よ」

彼女はケーアンを指さして言った。

「私は、彼と全く同じように見えるわ！」

「彼女の目は外国人のようだし、鼻も高いよ」

ケーアンは言い返した。

「それに彼女は女の子だ」

「目は確かに外国人のようだ」

ドラゴンメーカーは認めた。

「だが、お前の目と同じように黒い。肌は日に焼けていて、背が高い。ケーアン、お前と同じくらいの背丈だ。着ているのは苦力の服で、手は柔らか過ぎるという程ではない」

ジャスミンは自分の手のタコをこすって、太極拳で、素手で木を打つ練習をしていてよかったと思った。

ドラゴンメーカーは、彼女の帽子の縁を下に下げた。

「ずっと帽子の縁を下げていれば、目が陰で隠れるじゃろう。もしかしたら、鼻も隠してくれるかもしれん。鼻は他にどうしょうもないのう」

「そんなに高くはないわ」

ジャスミンが言った。

「心配ないわ、目立たないようにしているから。それに私が女だからって心配しないで。時代は変わったのよ」

彼女があまりにも断固とした口調で言ったので、ケーアンもドラゴンメーカーも、時代が変わったとは、どういう意味なのか、あえて聞かなかった。

「情熱の塊だ」

ドラゴンメーカーはクスクス笑った。

「注意してこの子と行くんだよ。ケーアン。彼女があまり話さないように気を付けなさい」

彼は、彼女のリュックサックを手に取り、それについているジッパーのついたポケットやバックルやストラップといった、見慣れない飾りに顔をしかめた。

「目立たないようにしようと思うなら、これは持って行かない方がいいな」

彼は、彼女の時計を指さして言った。

「それは置いていきなさい。目立ちすぎるから」

彼は布製の袋に色々役に立つものを一杯つめて、竹の棒につけ、彼女に渡した。

「そして、これがお前の袋と金だ」と言って、ケーアンに小さな袋を渡した。

「僕たちは戻ってきます。何を見つけたにしても」とケーアンが言った。

「気を付けてな」

ドラゴンメーカーは重々しく言った。

「白いひすいの虎を探しているのは、お前たちだけではないぞ」

ジャスミンはドラゴンメーカーの言葉にびっくりした。

「白いひすいの虎ですって！」

彼女は叫ぶように言った。

「わたし、夢でそのことを知ったのよ。でもどうやって――つまり、どうしてドラゴンメーカーはそのことを知っているの？　それに、あなたとどういう関係があるの？」

「僕の父が虎を持っているんだ」

「ということは――」

「そうなんだ。だから、ブライトジェイドの墓に返すことがとても大事なんだ。僕の家族にかかっている、この不幸な呪いを終わらせるためにね」

彼は、父親がどのようにして見つけ、それを持っているのかを説明した。そして、ブルースカー・ウオンがどんなにそれを手に入れたがっているかを。

「でもブルースカー・ウオンは、私たちがどこへ行ったか見つけ出すわ。彼はあなたの後を追ってくるわ。つまり、私たちの後をね。私たちは、彼をまっすぐそこへ案内するんだわ」

「注意深くしていれば大丈夫だよ。それに、彼は僕だけを探しているんだ。君が来てくれて良かったかもしれな」

でも、ジャスミンはギャンブル部屋のあの夜のことを覚えていた。そして、ケーアンが間違っていると確信していた。ブルースカー・ウオンは、ケーアンだけではなく、彼ら、二人を探している。彼の目には、彼女は、単なる一人の苦力なんかではないのだ。

第十二章

チャイナタウンは目覚めつつあった。様々な声がしていた。谷間から、汚い道から、倉庫から、簡素な家並みや小道から、大通りに突き出ているバルコニーから。排水車を曳いた馬が埃を巻き上げ、魚や野菜で一杯の籠をぶら下げたさおを肩にかけた人たちが、急ぎ足で通っていく。大量の洗いあがった洗濯物を運ぶ人々が、配達するためにチャイナタウンから出て、てくてく歩いていた。彼らの竹のさおは、一様に、肩の上で上がったり下がったりして、しなっていた。

ジャスミンは、彼らの顔を観察した。黒く日に焼けている人や青白い人がいた。彼女より色の白い人もいた。獅子鼻のふっくらした丸顔の人や、頬骨が高く、痩せて角ばった人がいた。けれど、どの人も黒い眼をしていた。みんな一本の三つ編みをしていた。多くの人は背が低かった。年の割には背が高い彼女は皆とほぼ同じくらいの背丈だったので、自分が人目に付くという感じは全くしなかった。ただ一つだけ変だと思うことがあった。

「女の人が全くいないわ。女の子も、どこにも」

「商人だけが、中国から妻を連れてくることができるんだよ」とケーアンが言った。

「そして家から外に出さないようにしているんだ。さもないと、誘拐されるかもしれないから」

あたり一帯に魚や海藻、香草や野菜を熱した油で炒めている匂いがした。その中に、ジャスミンが以前に気づいた、甘い匂いが漂っていた。茹でたジャガイモかしら？　それより、炒ったピーナツの匂いに近いかしら？

「あの匂いは何？」

「アヘンだよ」とケーアンが答えた。

ここの店の後ろの小屋の中で、生のアヘンを作っているんだ。

「作っている、ですって？」

彼はうなずいた。

「固まってゼリーのようになるまで十二時間くらい熱湯の中におくんだ。それから、缶に入れて売るんだよ」

「でも、アヘンはドラッグよ。違法じゃないの？」

ケーアンはびっくりした様子だった。

「いや、とっても大事な商売だ。凄く儲かるから。ここにはたくさんアヘンの工場があるよ。アヘン窟もたくさんある」

のこぎりを挽いたり、釘を打ったりする激しい音がジャスミンの注意を引いた。

通りを見上げると、建設中の建物があった。

「新しい中国の劇場だよ」とケーアンが説明した。

「僕たちが戻る頃には出来上がっているかもしれないね。そしたら何か中国劇を見に行こう」

二人は、埠頭や建物が密集しているウオーターフロントの道を歩いて行った。輸入品や卸売りのディーラーたちが、ヨーロッパや極東から仕入れた品物を売っていた。彼らは注文を受けた品はどんなものでも仕入れることができる、と自慢げに宣伝していた。鱈から、ロウソク、灯油まで、何でも。煉瓦の建物の横で辛抱強く待っている馬、荷台を曳いて道を重たそうに通っていく馬、客車をつけた馬、貸し馬、あらゆる方向に馬がいた。山高帽子の身なりの良い紳士たちが、ハマグリの袋や鮭の包みを持ったネイティブ・インディアンたちの傍を通っていく。波止場通りを、家畜の群れが通っていき、それら家畜の声が、波止場にいる船の、つんざくような警笛と混ざり合っていた。

間もなく**ウイリアム・アービング**が停泊しているハドソン湾商会の埠頭に着いた。ケーアンは二人分の切符代を払った。イェールまでのデッキの乗船券が、一人一ドルだった。船尾外輪船に乗り込むと、ジャスミンは、白人の乗客たちが自分たちを見つめる視線を感じた。二人の男が船尾の方に行く道を遮った。一人は大柄で、もう一人は鷹のような顔をした背の高い男だった。

「セレスティアルのお通りだ」

　大柄な方が忍び笑いをしながら言った。けれど、どちらも動かないで、二人が救命ボートの下をくぐり抜け、ロープが巻いてある上を登っていく他ないように仕向けた。

「めったにねえ上等な蒸気船だよ、**ウイリアム・アービング**は」と大柄な方が言っているのがジャスミンに聞こえた。

「一八八一年の建造だ。とびっきりのべっぴんさ。処女航海の時を見せたかったね。全ての寄港先で、旗と二十一発の歓迎の礼砲ときた。船長のキャプテン・アービングが、この世の最後の日みてえに、ただで酒とウイスキーを振る舞った。バンド演奏まであった！　もちろん流れが荒くなればバンド演奏は幾分スローになったがね」

　乗客たちは、まだ次々と船に乗り込んでいた。多くの人は船室かキャビンに向かっていた。貨物も又積まれていた。四十頭余りの家畜も一緒に。

　とうとう、つんざくような甲高い蒸気の笛が、船の出発を告げると、外輪船は、スクリューを回転させ、ゆっくりと港から出て行った。ジャスミンが見ると、ジョンソン橋は水の向こうにはなかった。町と、叔母が現在住んでいるインディアン居住地を結ぶ、歩道の橋だけがあった。移民局の建物もなかった。少なくとも、彼女が知っているようなものは。その場所には、写真で見たことがある木造と煉瓦の建物があった。

「鳥小屋」として知られている建物だ。

そして、エンプレスホテルもなかった！　その代わり湾と干潟――現在はホテルと側道のある場所――をつなぐ木造の橋が架かっていた。たくさんの空の缶詰や瓶から、泥の中に漏れ出しているところを見ると、そこはまるでゴミ捨て場として使われているようだった。だから、そこに上品なホテルを建てたというわけなの？　彼女は信じられない思いだった。

赤いレンガの税関はまだそこにあって、ウオーターフロントに聳え立っていた。その建物は大きくて壮大に見えた。現在あるような高層の建物やオフィス群で小さく見えるというようなことはなかった。一つだけ遠くにある、目立つものには見覚えがあった。

「ねえ、見て」

ビクトリアの西にある丘を指さして、彼女は嬉しそうに叫んだ。

「あそこが私の出身地よ。今と同じようだわ」

ケーアンは不思議そうな顔で彼女を見たけれど、何も言わなかった。

「全く危険な航海さ」

海峡に入っていく蒸気船の、水を切って進む音に乗って、大柄な方の男の声が聞こえてきた。

「六一年のイェール砦のことを覚えているか？　爆発して、屠殺場になっちまった」

「ボイラーの爆発か何かだったんじゃねえか？　ホープの二マイル先だ。いやー、船長と四人の乗客は絶望的だったな、あの時は」

大柄が笑った。

「爆発して屠殺場さ。インディアンや中国人もろともに。何人かって？　そりゃーわからねえよ。インディアンや中国人は、数にゃ入らねえからな」

ジャスミンはゆっくりと怒りが湧き起こるのを感じた。どうしたら、そんな口が利けるのだろう？

「もちろん、時々爆発があることぐらい承知だったさ」

鷹のような顔が言った。

「ボイラーは十分丈夫にできちゃいなかったし、船長は、安全弁をしっかり下げたままで全力疾走するのが好みときてたからな」

大柄がジャスミンの方に近寄ってきた。彼女は素早くうつむいた。

「ひどくびくついているようじゃねえか、ジョン。この蒸気船が爆発するんじゃねえかって怖いのか？　それじゃ豚汁（チョップスウイ）でも食うがいいさ」

彼女はケーアンをチラッと見たが、彼の顔は無表情で、何を考えているのか分からなかった。大柄は大笑いし、彼女の三つ編みの髪をグイッと引っ張った。

「それが気に入らなけりゃ、国へ帰るんだな」

鷹のような顔をした男が一緒になって笑った。

「みんな帰っちまえばいいのさ」

ジャスミンの顔は燃えるように赤くなった。水面から涼しい風が吹いていたにもかかわらず。その怒りが噴き出し、爆発してしまうことを恐れて、彼女は爪を中に入れて、こぶしを握りしめた。

「この春だけで三千人以上の中国人がビクトリアにやってきやがった。三千人だぞ！」

大柄は首を振って、嫌悪感をあらわにした。

「コロニストを読んでみろ。汚物で溢れけえってるってよ」

「汚物で溢れてるってか！」

鷹のような顔をした男が大笑いをしながら手すりをたたいた。

「豚汁（chop suey）じゃないのか、豚の汚物（slop chuey）じゃなくて？」

大柄は言葉の遊びにげらげら笑いながら相手の背中を叩いた。

「来いよ、反対側に移動しよう。なんかあるぞ。このあたりのくさい匂いは」

必死に自分をコントロールしようと、ジャスミンは深呼吸をした。彼女は、彼らに食ってかかり、自分の言葉の力で叩きのめしたかった。けれど怒り以上のものが彼女の内でくすぶっていた。

「傷つくよね」

ケーアンは、男たちが皆歩いて行ってしまうとそう言った。

「僕は、彼らの言う言葉が分からなかったけど、言っている意味は分かったよ」

彼女はなかなか呑み込めなかった。

「でも、どうしてあんな風な言い方するの？　私には分からないわ。あの人たちは、私たちを知ってもいないのに」

「だからなんだ」とケーアンが言った。

「あの人たちは、僕たちのことを知らない。だから、あんな風に言うんだ」

「どうして、私のことをジョンと呼んだの？」

ジャスミンは不思議に思った。

「多くの白人が、僕たちのことをそう呼ぶんだ」とケーアンが答えた。

「それか、セレスティアルってね。又は、もっと悪い言葉で」

彼は流れのはるか向こうを見て、悲しそうに首を振った。

「僕たちがここにいるのが嫌なんだ。ビクトリアでは、町で働くことすらできない。ドラゴンメーカーの古くからの友人がずっとジェームスベイで、街灯を点灯する仕事をしていたんだ。その人は、白人がその仕事に就くと、即座に解雇された。あの人たちは絶対僕たちにいてもらいたくないのさ。でも、僕たちがいなければ鉄道ができないんだ。鉄道建設が終わったら、どういうことになるんだろう」

「どうなるかですって？　そうね、ここに残るのよ。ケーアン。あなたは残らないかもしれないけど。でも多くの中国人は残って、教師や、医者や市長になって……そして……」

「そして、人は月の上を歩くんだ」

彼は激しい敵意のある口調で言った。

ジャスミンは叫びたかった。

「そうよ、それも実現するのよ！」

けれど、ケーアンの顔に浮かんだ表情は、明らかに、その話題に触れたくないと言っていた。

蒸気船がビクトリアとメインランドの間のジョージア海峡に点在している島々の中を突き進んでいくうちに、午後の時間が過ぎていった。

長い間二人はじっと黙ったまま、紫や金色の薄い影が遠く離れた丘の上に残っている景色を眺めていた。夜までには、ウイリアム・アービングは、フレイザーの泥河に着いていた。

「あそこは何という処なの？」

ジャスミンは川の向こうのそびえるような高いところにある小さな町を指さして言った。

「ソルトレークシティだと思うよ。バーバリアン（野蛮人）は、ニューウエストミンスターって呼んでいるけどね」

ケーアンは不愉快そうに笑った。今では、彼がバーバリアンであった。彼は白人たちが、自分をよそ者として見ていることを知っていた。

文化も持たない、知性や道徳心のない野蛮人だと。

「髪の毛を切って、白人のような服装をしたら、もしかしたら、その方があなたにとって楽かもしれないわ」とジャスミンが言った。

「どうして？　僕たちは自分たちを恥ずかしいと思ってなんかいない。それに僕たちのほとんどは、ここに残るつもりはないんだ。ただ中国で土地が買えるだけのお金を作るために来ただけだ。自分たちの村に帰れば元通りの中国人だ。もし髪を切ったら、もう中国に戻ることはできないんだ」

「髪の毛とどんな関係があるの？」

二百年前に、満州人が中国を征服した時、人々に馬のしっぽのような辮髪を結わせたんだ。辮髪にしていない者は殺されることになっていた。それに髪の毛を切ったら、それは又、先祖を辱めることになるんだ。身体の全ては先祖からいただいたものだからら。

ジャスミンはこのことをじっくり考えてみた。それまで彼女は、自分が何か自分より大きなものの一部だと考えたことがなかった。でも、今は、なくなってしまったそんなに多くのものが、彼女に連なっていたのだ。

その後、彼らはウイリアムアービングをこっそり歩き回って、つづれ織りや、木造の装飾品、カーペットが敷かれた上品なラウンジの中を覗き見た。

「電気だ！」とケーアンは驚きで目を丸くして叫んだ。

夜になり冷えてくると、船尾の近くに身を隠す場所を見つけ、ドラゴンメーカーが持たせてくれた餅を食べた。上等な身なりをした中国人が手すりにもたれ、考えに沈んでいた。

「あの人見覚えがあるよ」

　ケーアンがささやいた。

「ビクトリアの金持ちの商人だ」

　少しして、その男は二人に近づいてきた。ケーアンが残っていた自分の餅を差し出すと、商人の顔に心の奥から感動したことからくる驚きの表情が浮かんだ。

「私は夕食をとりにダイニングルームに行ったのです」と彼は言った。

「そして、他の乗客と一緒にテーブルに着いたのです。給仕は、私に出て行けと言ったが、私は断りました。夕食の時間の間中、私は黙ってそこに座っていました。その間、給仕は私を無視したままだった。そして、君は、君は何にも持っていないのに、君の餅を私にわけてくれると言うんだね。バンクーバーに戻ったら、私に会いに来て下さい。私は、ラム・フー・チョイという者だ」

　彼は、お辞儀をすると、ぶらぶらと、自分の船室の方に歩いて行った。

　外輪船の「スイシュスイシュ」という音だけが聞こえ、静かな夜だった。ジャスミンは、ドラゴンメーカーがリュックの中に詰めてくれたキルトを取り出して、その下に身を丸くした。デッキは硬かったけれど、キャンプした時の地面程硬くはなかった。

まもなく、彼女は、船の穏やかな動きに誘われて、眠りに入っていった。

ケーアンは夜の空をじっと見つめた。彼は混乱していた。どうして同じなんてことがあるのだろう、家からそんなにも遠いのに？　銀河が見えるし、牛飼いと織姫の輝くような星も見えるなんて！　ここで！　自分のいた世界の反対側のここで！　それに、この子は、ビクトリアよりはるかに西の方の丘を指さした！　一体どうやって西からくることが出来たんだろう？　彼女は何かブライトジェイドと繋がりがあるのだろうか？

「君はどこから来たの？」

彼は恐る恐る聞いた。

ジャスミンは眠りから起こされて、

「ハアー？」「何？」と言った。

目を開けると、ケーアンが肘をついて彼女を見下ろし、じっと見つめていた。

「君が霊じゃないっていうんなら、君は一体何なの？　君は誰なの？　僕たちの種族じゃないのなら、一体どうしてブライトジェイドを知っているの？　肌や目の色は黒いけど。君はバーバリアンなの？　僕たちの言葉を話したって、君は野蛮人だ」

「ちょっと待ってよ。第一あなたは私を起こしといて、それから矢継早に質問攻めにするのね」

彼女は起き上がって座り、キルトを身体にしっかりと巻き付けた。

「私に答えられると思うの？　私だってあなたと同じように混乱してるのよ。私はあなたの世界に行きたいと頼んだわけじゃないわ。ファンタンアレイの、あの入り口から入ったのかしら？　ただそうなっただけなのよ。私、ブライトジェイドの夢を見たいって頼んだわけじゃないわ。母が亡くなるとすぐ夢を見始めたのよ。それにあなたに会いたいって頼んだのでもないわ」

彼女は彼に、夢で見た男の子のことを話した。彼の目が彼女にくぎ付けになったこと、ギャンブルの部屋で彼だと分かったことを。

「そんな風に私をじっと見るのをやめて！　分からないの？　私は霊なんかじゃないわ」

彼女はポケットからコインを取り出して彼に手渡した。

「日付を見て！　これは私の時代のものよ」

ケーアンは片側の女王と、もう一方の側の鳥の絵柄をじっと見た。

「でも、これは百年も先のものだ。君は霊に違いないよ」

ジャスミンは彼の手に触った。

「霊のような感じがする？」

「いいや」と彼は言った。

彼は突然顔が熱くなるのを感じた。そして彼の心臓は予期しないで速くなった。

「それじゃ、これで手を打つのね」

「手を打つって？」

そういう言葉があるの。二人の人が何かで合意すると、そういうことにしましょう、ということで、それで手を打つわけ。こんな風に。彼女は彼の手を取り、しっかりと握りしめた。

「良ければそのコインは持っていて。一ドルの価値があるのよ。ルーニーと言うの。その鳥がルーニーだから」

「ルーニーか」

彼はその英語の音を繰り返し、微笑んだ。彼女の手を握ったままで。それから、彼は言った。

「お母さんは気の毒だったね」

「ええ」と彼女は静かに言った。

その後長い間、彼女は彼の手の温かさをずっと感じていた。そして、母親が死んでから初めて、自分を、部分ではなく、全体として感じたのだった。

明け方、蒸気船はまだフレイザー渓谷を「シュッシュ」と登っていた。川沿いのどちらにもモミ、松、トウヒの姿があった。葉が金色に染まった柳やカエデが常緑の木の中で明るく輝いていた。深い渓谷や、太陽の光が遮られて陰になったところには、雪の斑点が、まだ残っていた。ケーアンにとって、光が差し込まない森の、岩だらけの険しい山は、冷たくて、人を退けているように見えた。中国南部の暖かさからはとても遠いものだった。

けれどジャスミンにとっては、その渓谷は感動を与える力強さがあった。彼は、手すりに掴まって見とれていた。滝が山から轟きながら落ちていた。川に流れ込む細い流れは、産卵の地へと進む鮭でごった返していた。水際から何千フィートも高くにそびえている丘に遮られながら、土手のあちらこちらに移住者の小屋が姿を見せた。

ホープの町を過ぎると、スクリューを激しく回転させ、船尾外輪船はツーシスターズに着いた。その双子岩のところは、流れがものすごく速く、凶暴に泡立って流れているので、ジャスミンは、どんな船でも、そこを通り抜けられるとは想像できなかった。彼女は、その船が、蒸気を全開にして、重たい車輪を回転させている一方、振動し、流れの勢いでコルクのように放り上げられているように感じた。甲高い笛の響きとともに、やっとのことで前に進み、船の通った後は、波が岩々に激しく打ち付けていた。

倒木や隠れ木を注意深くよけながら、ウイリアムアービングは急流や、渦の中をあえぎ、あえぎ登っていった。やがて鋭いカーブのあたりを進み、イェールへの最後の航海をしていた。

遠くから見ると、イェールは、山々に囲まれ、眠そうな小さなところに見えた。けれどジャスミンの第一印象はすぐに打ち砕かれた。彼女もケーアンも、そこがそれ程忙しい街だとは想像もしていなかった。船から下りるとすぐ、あまりにも強烈な光景、様々な人種や、すさまじい騒音に迎えられたので、二人は、ただ突っ立って口をぽかんと開けていた。

男たちの一団が沿岸で仕事をしていた。彼らは鉄道の貨物を下ろし、馬車に積んでいた。川に面したメインストリートは様々な仕事で活気づいていた。人々は歩かないで走り――広東語からスウェーデン語まで、あらゆる言葉が飛び交い、ありとあらゆる体型、大きさ、色や衣装の人々がいた。最新のファッションに身を包んだ、おしろいを塗った婦人から、銛でついて取った鮭を抱えたネイティブ・インディアンまで。

馬、ラバの集団、牛が押し寄せる埃の雲を蹴散らし、犬があらゆるところを走っていた。

フロントストリートには、床屋、鍛冶屋、ホテル、雑貨店、新鮮なカキや鳥や獣の肉を専門とするレストランが並んでいた。ハドソン湾商会の店が、乾物や食料、雑貨品と共に、ワイン、アルコール飲料、たばこの宣伝をしていた。本や果物、キャンディを売る店が、肉のマーケット、馬具店、時計屋、フレンチベーカリーと競い合っていた。

貨物用の馬車や乗合馬車が、B・C・エクスプレスの駅の外で待っていた。そして、ずっと下に、蒸気船の取継所があった。丘を少し上がったところには教会が立っていた。

そしてサロンときたら！　建物の三つに一つはサロンのようだった。ケーアンとジャスミンが呆然と立っていると、男が二人宝石サロンから飛び出てきて、道で言い争いを続けた。その間中、キャスケードハウスの前にいた、しなびた年寄りがコンセルティーナを弾いていた。

騒音は耳をつんざく程だった。犬の吠える声、叫び声、泣き声、わめき声が、火薬の爆発音、のこぎりのキーキーという音、ドリルや木槌の音と競い合っていた。

それに、蒸気船の汽笛のきしむような金切り音が騒音に加わっていた。そして、その臭いときたら！　町には、鮭、おがくず、肥やし、黒色火薬、そしてたばこの匂いが混ざり合った、不快な臭いが漂っていた。

船長が二人、パイプに火をつけようと、埃だらけの道に立ち止まっていた。

「ヘルズゲイトを通り抜けられるものなんかねえよ」

そのうちの一人が言っているのをジャスミンは耳にした。彼女は聞き耳を立てた。

「あいつは馬鹿さ、全くのところ」

「保証金を請求しろよ、あっちだって、うまくいけば大儲けになるんだ。カリブーじゃ、貨物は、ごっつく高値だぜ」

もう一方の男は首を振った。

「そんなことすりゃ、地獄の門へ真っ逆さまだぜ」

「そんじゃ、お前はいかねえんだな？」

「金輪際、ごめんだね。実のところ、ちょっとばかし賭けてるのさ。百分の一で、うまくいかねえよ」

「船の方にかけるやつなんているのか？」

「バカはそこら中にいるのよ」

笑いながらその男たちは道を渡って、マイナーズサロンへ向かっていった。

ジャスミンは、一体何のことを、彼らは話していたのだろうと思った。

そんな騒がしい街では、もう二人苦力がいたところで、ほとんど人に気づかれることはなかった。

「私たちは、透明人間だわ」

ジャスミンが言った。時々、彼女のいる方に目が向けられることはあったが、それ以上見られるということはなかった。

「おいでよ」とケーアンが言った。

「チャイナタウンに行って、僕のお父さんのことを聞くんだ」

そこを発つ時、ジャスミンは、やはり、誰かが二人のことに気づいているような不安な気持ちがした。彼女が素早く振り返ると、男が牛車の後ろに走り去るのが見えた。

一瞬、頬にしわのような傷跡がちらっと見えた。

第十三章

「あの人、見える？　ほら、あそこよ、牛車の後ろ」

ケーアンは肩越しに見た。確かに、顔に傷のある男がいたが、ブルースカー・ウォンではなかった。

「君の見間違えだ」と彼は言った。

「船に乗っていなかったのは確かだし。他にそんなに早くここに着くことができる方法はないんだ」

「あなたの言う通りね」と彼女は言った。

けれど、血管の上をトカゲの足が這っているような感触を感じ、彼女は不安な気がした。それを振り払ってしまおうと決心して、彼女はチャイナタウンに向かうケーアンの後について行った。

そこは町の東側だった。中国語の横文字で、それらが乾物屋、クリーニング店、靴屋、雑貨店や数多くの宿屋だと分かった。角の混みあったレストランから漏れてくるガーリックやオイスターソース、鳥のから揚げの、たまらなく良い匂いがしていた。

二人はさっそく店に入って、細長く切った豚肉、もやし、しゃきしゃきのセロリが上にのったうどんのどんぶりを注文した。ジャスミンは薬味を入れて食べた。それまでの恐怖心はすっかりどこかにいってしまっていた。

食べている間、ケーアンはウエイターや他の客たちに、自分の父親のことを尋ねた。いや、知らない。いや、聞いたことない。という返事だった。

「壊血病で大勢死んだんだ」

一人の男が言った。

「ビッグマウス・ケリーに当たってみろ。死んだ中国人を埋葬してるんだ」

「トンネルシティに行ってみるといい」

別の者が勧めた。

「そこで大きなトンネルを掘っているんだ。イェールから二十マイル川を上っていったとこだ。そこらあたりに大勢キャンプしてるよ」

「馬車道をたどっていくといい。だが、貨物の馬車やラバの群れには気を付けるんだぞ。道一杯に、ありとあらゆるものを積んでいかなきゃならんからな。苦力の米やキャンプを作るのに使うのこぎりまで」

「それと、ステージコーチに気を付けるんだ。スピードを出していくからな」

二人は、新鮮な野菜を買ってから、カリブーの馬車道を出発した。

「この道は一八六二年にできたのよ、二十年前の」とジャスミンが言った。

「学校で習ったの」

ケーアンがバカにしたように笑った。

「二十年だって！」

「中国では、道は何千年も前に造られたんだ。万里の長城は二千年以上経っているよ」

「万里の長城も学校で習ったわ」

ケーアンの目が興味で輝いた。

「中国について勉強したの？」

「ええ、そして野外授業で、チャイナタウンへ行ったのよ。中華料理店で中国の食べ物を食べたの。そういうことは、みんないつもしてるわ」

「白人が、チャイナタウンで？」

彼は信じられないというように首を振った。

道は色々なものの往来で混雑していた。馬のひく二重の貨物馬車が丸太を並べた道をガタゴトと行き、その後を、それぞれ七つの首当てをした牛のチームが続いている。六頭のラバの一団が積み荷を一杯積んだ、覆いの掛けてあるワゴンを曳いて、とぼとぼと進んでいる。幌馬車が、山のような瓦礫や転がっている岩をうまくよけながら、疾走していった。

カリブーの道は、道床のように、川に沿っていた。そして道床と同じように絶壁まで迫り、時には川岸に危険な程近かった。昼にはジャスミンとケーアンは、カーブになっている道の、架台の上の崖のあたりまできた。二人は、二十フィートくらい下にある、荒れ狂った川を見下ろさないようにして、注意深く渡った。

鉄道の作業員がいたるところにいた。トンネルの工事をしている者、斜面を削っている者、爆破作業をしている者、道の上で作業している者、道の下で、又はそのすぐ脇で作業している者がいる。もう一つの爆破が渓谷にこだました。

「巻き込まれないといいけど」

ジャスミンはそう言って、耳を覆い、あたりを心配そうに見た。険しい岩山が上にあり、下にはごうごうと流れる川があった——逃げるとしても、選択の余地はたいしてなかった。トンネルに余りにも接近していて、蒸気ドリルが硬い岩に穴を開ける時、その中の火花が見えた。ある地点では、爆破のせいで、道の丸ごとひとかたまりがフレイザー川に滑り落ちていき、作業員は新しい区間を造るのに苦労していた。

ジャスミンは肩のポールをもっと楽な位置にずらし、ケーアンの後について大股で歩いた。彼のペースに楽々と合わせながら。

「お父さんが見つかったら、どうするの？」と、彼女が聞いた。

「お金が十分あったら、中国へ帰るんだ」

「私の父が、今そこにいるわ。中国で教えているのよ」

「変な時代だね」と彼は言った。

「誰もが、いるべきところにいないんだ」

ジャスミンは笑った。

「そうだわ、私たちがどうやって中国へ行くか、教えてあげる」

「うそだ！」

その話を聞くとケーアンは叫んだ。

「そんなことありない！」

彼は想像もできなかった。人々がいっぱい乗った銀色の筒が、地球の反対側まで飛んでいくなんてことを。それなら、もし、自分の横にいるこの子が、ドアから出ていって、時間通りに帰ってくるなんてことができるなら、……そして、もし、ブライトジェイドの霊が、二千年の時を超えて、夢の中に現れることがあるとしたら……それはあまりにも混乱するようなことだった。

次の曲がり角のあたりにテントの作業場が残っていた。そこに一人の前かがみになった中国人がゴミの中をかき回して、食べ物を探していた。

「ご飯、一緒にどうですか？」

ケーアンが聞いた。

「僕たちこれから作るところなんです」

その男は、申し出を喜んで受け入れ、急いで近くの流れに水を汲みに行った。ケーアンは火をつける小枝を集め、まもなく米が、ぐつぐつ煮えだした。

「新鮮な野菜だ！」

ジャスミンが、いくらかの白菜を切ると、その男は嬉しそうにニヤッと笑った。

「インディアンチキンじゃないぞ」

「インディアンチキンって？」

「干した鮭だ」

彼は顔をしかめて言った。

「来る日も、来る日もインディアンチキンだ」

彼は箸を猛烈にカチャカチャいわせながら、湯気の出ているご飯と野菜をがつがつ食べた。

「俺はリーチャック会社で働いていたんだ」

彼は食べながら言った。

「だが、もうやめた。あまりにもきつかったからな。これからソルトウオーター市へ戻って、クリーニング屋で働こうかと思っているんだ。俺はドラゴンの年からずっとここにいる。一日八十セントもらって、自分の食い物を買っていた。一日一ドル稼ぐ者もいたが、会社の店から食べ物を買わなきゃならなかった。途方もなく高い値段でだ」

彼は声を落として用心深くまわりを見まわした。

「ここらの道は用心しないと。特にトンネルの中は幽霊がうろついているからな」

彼は身震いした。

「俺の友人たちが先のトンネルで死んだんだ。トンネルが陥没した時に、窒息したのよ。虎は守ってはくれなかったのさ」

「どういう意味ですか、虎って」

ケーアンは、はっと驚いた。

「苦力の一人が、魔法の力を持つひすいのお守りのことを話していたんだ。だが、ここじゃどんな魔法もきかないのさ。ここの山には」

「その苦力ですけど、名前を知りませんか？　それとも、今どこにいるかとか？」

その男は目にうつろな表情を浮かべた。

「覚えてないなあ。思い出したくもないよ」

ケーアンとジャスミンは互いを見やった。彼の父親に間違いない。二人は、正しい道を来たのだ。

ケーアンの父親は近くにいるという気がして、彼らはその午後中ずっと歩いた。影が長くなって、太陽が山の後ろに沈むとケーアンが言った。

「火を焚いて、今夜は、ここでキャンプしよう。近くに流れもある」

ジャスミンは喜んで賛成した。彼女はお腹がすいていた。袋は重かったし、足は疲れていた。その上、布の靴はでこぼこ道では役に立たなかった。

「どこかでブーツを買わなきゃ」と彼女は言った。

「明日ね」と言って、ケーアンは火を熾（おこ）し始めた。

ジャスミンは、米に混ぜるためにバクチョイを刻んだ。ケーアンは、生姜を薄く細長く切った。お茶用の水がやかんの中でグラグラしていた。月がゆっくりと渓谷の上に昇った。

「月の中に人は見える？」とジャスミンは聞いた。

「うさぎは見えるかい、君は？」

二人は顔を見合わせて笑った。

「月のレディも住んでいるんだ」

ケーアンが言った。

「彼女はかつて地上に暮らしていた。でもそれから命の霊薬を飲んで、月に昇ったんだ。今、彼女はそこに住んでいる」

それが、ブライトジェイドの望んだことだったんだわ。ジャスミンは自分の見た夢を思い出して、そう言った。

「あなたは永遠に生きたい？」

「多分ね」

彼は答えた。

「もし永遠というのが今のようだったら」

ジャスミンは微笑んだ。素晴らしく温かい気持ちが彼女の心の中に湧き起こった。それは何だったのだろう――月、渓谷の静けさ、ケーアンの顔が、焚火で明るく照らされている様子？　それとも、生きているということのワクワクする感じ、ある意味自由さなのか？　彼女は、どのように魔法の力が働いたのか分からなかったし、どれくらい長く続くのかも分からなかった。けれど、彼女は自分の意志で、意図して、あの終わりのない店へ戻ったのだ。もう一度魔法の世界へ。多分そういうことだったのだ。何かの力が彼女の人生を動かしているような感じ、なのだ。少なくともこの瞬間には。

彼女は茶碗に箸をおいて、深呼吸をし、太極拳を始めた。型は簡単に戻ってきた。次々と、順番に。大地、空、川、そして星。手と身体で、ひとつずつ曲線的な動きをしながら、彼女は陰と陽を感じた。自然の中の正反対であり、また調和のある力を。バランス、リズム、自由。

焚火のなかで、彼女のする動きの一つ一つに合わせて動く影のように見えるものがあった。そして、彼女は、それがケーアンだと気付いた。完全な調和。彼女の中で何かが目覚め、喜びの歌を歌った。次の時には、それは、まるで川が流れるのを止めただ耳を傾けて聞いているかのようだった。

第十四章

ジャスミンは、最初家にいるのだと思った。自分のベッドに。でも待って！　着ているナイトガウンは彼女のものではなかった。それにどうやって三つ編みをほどいたのだろう？　どうして左足の膝に包帯がまいてあるのだろう？　彼女は恐る恐るそこを触ってみた。痛い！　彼女はびっくりして起き上がった。

彼女はやはり寝室にいた。でも、それは彼女の家の寝室ではなかった。午後遅くの太陽の光がレースのカーテン越しに、部屋に差し込んでいて、ピンクの花模様の壁紙に影を落としていた。溝のある、ガラスの円筒がついたオイルランプが、ベッドの横のテーブルの上にあった。部屋の隅には、木製の洗面台があり、赤い牡丹の絵が描かれた水差しと分厚い陶器の洗面器が一緒にあった。その下には、それにマッチした尿瓶が置かれていた。私はどこにいるの？　そして、どうやってここにきたのかしら？

部屋の外でパタパタと足音がして、それが突然止まった。一人の女の人がぱっと部屋に入ってきた。手をひらひらさせ、鉤鼻の、ビーズのような目をしていた。

「あら、まあ、お嬢さん、びっくりしたわ！」

彼女は大きな声でそう言うと、身軽そうに歩いて、カーテンを引いた。

「起きているとは思わなかった。でもほんとに良かったね」

彼女は、ジャスミンの方を向いてニッコリ笑った。

「わたしら、あんたが男の子じゃないと分かったよ」

一体どんな風にして、そうじゃないってことが分かったわけ？　とジャスミンは思った。それに、わたしらって？

「わたしは、ネル・ジェンキンズ、そしてあんたは、イェールのわたしの家にいるんだよ。亭主のハーベイが、あんたが意識を失くして倒れているのを見つけてね。脈を診ると、あんたが生きているってことが分かったんだって。家に連れてきた時には意識が戻ったけど、ひどい状態だった。ハーベイが、医者を連れてくるから、あんたをベッドに寝かせろと言うんでね、そうしたんだ。お医者さまがきて、膝の傷口に包帯を巻く以外にできることはないと言われたよ。それで、あんたは昨日からずっとここにいて、寝たり、起きたりを繰り返して、時々、何かおかしなことを言ってたよ」

彼女は舌を鳴らして、

「汽車、とか、虎とか、ジェイドがなんだとか。ま、わたしにはどうでもいいことだけど」と言った。

「ケーアンはどこですか？」とジャスミンが聞いた。

「何があったんですか？」

ジェンキンズ夫人は、聞こえないようだった。

「昨夜あんたは、そこの暖炉の傍で髪を編もうとしていたよ。私が部屋に入ると、そこにいるとあんたが思っているらしい誰かに話しかけていたけど、あんたをベッドに入れると、またすぐにぐっすり寝てしまった。だが私がこうしてぺらぺらしゃべり続けているのに、あんたはまだぼんやりしているようだね。暫くあなたをそっとしておいてあげるよ。何か食べるものを持ってきてあげよう。それからどうしたらいいか考えようかね」

彼女はジャスミンの肩をたたき、「目が覚めて良かった」と言い、長い黒色のスカートをひるがえして部屋を出て行った。

ジャスミンはベッドから下りると、自分がとっても弱々しくなっていることに驚いた。膝は痛むし、頭がズキズキした。こめかみにこぶができていて、触るとビクッとした。丸一日ここにいたのかしら？　そんなことありえない！　でもどうしたらいいのだろう？　自分の服を探して、ここを出て行こう。それがまず先だ。それからケーアンを探すのだ。

彼女はベッドの足元を見た。ベッドの下、椅子の上、そして、たんすの引き出しも。でもどこにも、見当たらなかった。

丁度その時、ジェンキンズ夫人が、お盆を持って現れた。

「何か口に入れるものを持ってきてあげたよ」と彼女は快活に言った。

「さあ、いい子だからベッドに戻って。それとも、あれを使いたいのかい？」

彼女は尿瓶の方を指して、丁寧に聞いた。

ジャスミンは首を振り、おとなしくベッドに戻った。服はすぐに見つかるだろう。

今のところ、彼女はお腹がすいていたのだ。

「まあ、あんたにはびっくりさせられたよ」

ジェンキンズ夫人はジャスミンにお茶のカップを渡し、バターとブルーベリージャムが滴る、焼きたてのパンの一切れを勧めた。

「ゆっくりね」と彼女は言った。

「まだたっぷり時間があるよ。あんたら中国人は、こうした食べ物には慣れてないと思うけど。だが慣れているとしたら、あんたは中国人じゃないね？」

ジャスミンは、チラッとすばやく見上げた。

「あんたをすぐ近くで、よくよく見たんだけどね」

彼女の手はじっとしていないで、髪をなおしたり、目には見えない糸くずを袖から払いのけたりしていた。

「あんたは私と同じように白い色をしている。目はとっても黒いけどね。最初はそれが分からなかったよ。あんたが、あんな服を着てたし。もっとも、どうしてあんたは苦力みたいな恰好で道を歩いていたのかね、わたしには関係ないけど。何かから逃げていたのかね？　落ちてくる岩に当たらなかったのは運がよかった。ここはあんたのような女の子がウロウロするところじゃないよ。ところで、あんたの名前はなんていうんだい？」

「ジャスミンです」

「きれいな名前だ。花のようだね。どこから来たの？」

「ビクトリアです」

　十分真実に近いわ。

「あんたの家族もビクトリアにいるのかい？」

「叔母と一緒にいます。母は亡くなりました。父は、中国にいます」

　ジェンキンズ夫人は自分の膝をたたいて言った。

「そうなの！　じゃあ特別な任務なんだね。伝道か何か？」

　ジャスミンはその質問を無視した。

「ジェンキンズさん、私はどうして、ここにいるのですか？　何があったのですか？」

「ハーベイがあんたを見つけたんだよ。爆発のすぐ後に。カリブーの道のカーブを曲がったところでね。乗合馬車の運転手をしてるんだ。全くのところ、もし彼がもっと速く走らせていたら、あんたのように、爆発にあっていたかもしれないね」

「爆発？」

その言葉に突然記憶が蘇った。大地を揺さぶる爆破、煙――それから、また爆破があり、岩が山の斜面からビュンビュン落ち、叫び声が聞こえ……。

ジェンキンズ夫人がうなずいた。

「スパッザムの北を爆破していたんだよ。全くいつも、どこかを爆破しているんだ。ここイェールじゃ、私らは何か月もあの揺れに我慢しなくちゃならないんだよ。一日二十四時間、ものすごい勢いで岩を爆破しているんだ。でも道なんて一つも作りゃしない。まずトンネルが先なんだって。それでね、ハーベイがそこにやってくるほんの少し前に、この半分掘りかけのトンネルを爆破していたんだ。おそらく火薬が多すぎたんじゃないかと思うんだけど。もっともいつも何かしら不具合があるんだけどね。とにかく爆破があって、苦力たちが引き返し始めたら、二度目の爆破があって、木っ端みじんになったんだってさ。道のあらゆるところに岩が落ちてきてね」

彼女は舌を鳴らし、すばやく首を少し振った。

「岩が滑り落ちることは始終起きているんだよ。トンネルにも岩が落ちるし、川まで落ちていって、船が沈んだこともある。橋を壊したこともあるしね。あんたは本当に運がよかったよ。本当にね。これまでとってもたくさんの事故があってね。少し前に、苦力が、失くしたんだよ、自分の……」

ジャスミンは髪の毛の束を指にきつく巻いた。少しずつ記憶が戻ってきた。カリブーの道を歩いていたのだ。流れの傍でキャンプし、次の朝そこを発った。そしてケーアンの声。

「又、爆破だ。聞こえる？」

神経をとがらせて、ジャスミンは爆発音に耳を傾けた。

「道にいても大丈夫かしら？」と彼女が聞いた。

「どこにいるより安全だよ」

彼は答えた。

前方の上の方で、別の一団が岩を爆破する用意をしている蒸気ドリルの音が聞こえた。それから、炸裂する火と煙、爆発音が狭い峡谷に響き渡った。足元の地面が揺れ、ジャスミンは身体が震えた。

「あれで少しの間やんでくれるといいわね」と彼女は言った。

掘削半ばのトンネルに着いた時、工事の人たちがすでにトンネルの中にいた。

「さっきのは一番ひどい……」

「伏せて！」

突如、ケーアンの不意の叫び声がした。一瞬の素早さで、彼は、彼女を地面に倒し、その身体の上に自分の身を投げた。彼女は、地面に強く打ちつけられ、顔は土の中に押さえられた。何か鋭いものが膝の中に埋まっているのを感じた。

埃と煙と爆薬の酸っぱい臭いがした。叫び声、ブルドーザーのガラガラという音が聞こえた。頭を殴られた感じと、何か破片が刺さっているような鋭い痛みがあった。

「ケーアン？」

彼女はもはや彼の身体を感じることができなかった。遠くから声が聞こえた。

「ジャスミン、走って！」

彼女は起き上がろうともがいた。けれど闇が彼女を押さえつけ、大地が口を開けて、彼女を呑み込んでしまった。

ジェンキンズ夫人がしゃべり続けていた。

「その人は全く安全だと思ったんだよ。木の陰に隠れていて、トンネルからかなり離れているし、とね。気の毒に。鼻を失くしたのさ。切り落とされたんだよ。ちょうど……」

「ケーアンはどうなったのですか?」

ジャスミンは必死になって大声で言った。

「私と一緒にいた中国人の男の子です。私の命を救ってくれたんです! あなたのご主人は彼を見たはずです、彼は……」

「ほら、ほら」

ジェンキンズ夫人は、彼女の頭を軽くたたいて、言った。

「あんたは、生きていて、運がよかったよ」

「でも彼は生きているはずです。誰かが彼を見たはずです。多分彼は……」

「お嬢さん、生きて見つかったのはあんただけだった。土に埋まったのは、その子だったかもしれないね」

「いいえ!」

彼女は、胸が締めつけられるの感じ、自分に言い聞かせながら、それと戦った。パニックになってはダメ。確かなことは分からないのだから、と。

ジェンキンズ夫人は、自分のブラウスからパンくずを払い落とし、言った。

「まあ、まあ、どうして苦力のことなんかでそんなに大騒ぎするのかね？　代わりはいくらでもいるよ。その子だって、ただの……」

「いいえ、そうじゃありません！　そんな風には言わないでしょ、もし……」

「さあ、さあ、そんなに興奮しないで」

舌を鳴らして、ジェンキンズ夫人は、お盆を取り、足早に部屋を出て行った。

それからしばらくして、ジャスミンは台所に姿を見せた。

「私の服いただけますか？」と彼女は聞いた。

「汚れた苦力のボロ服のことを言っているのなら、もちろんダメだよ」

ジェンキンズ夫人はムッとした感じで言った。

「あの身なりで、あんたが何をしていようと、私の知ったことじゃないけどね。とても興味はあるけど。でも、こっちにきてごらん。あんたが着られるような、何か素敵な服を見てあげよう」

彼女はジャスミンを寝室に戻し、引き出しを開けて、ペティコートと、ブルーマーを手渡した。それからワードローブの中から、薄い青色のピンクの花模様のドレスを取り出した。

「これはあんたの年頃の頃の、わたしの娘の服だよ」

ジャスミンはその服を無視した。

「あなたはとっても良くしてくださって、そのご親切に本当に感謝しています。でも、私、自分の服が必要なんです。私の袋はどうなったのですか？　竹のポールについていた布の袋は？」

「袋はなかったよ。あのね、あんたは昨夜、何か変なことをつぶやいていた。あなたの頭はまだちゃんと治ってないいんだよ。恐ろしく大きな岩に当たったから」

彼女は自分の言葉に満足し、うなずいた。

「それでだ。あんたはまだ正気じゃないいんだよ」

「私、服がいるんです！」

「今は、これを着ておきなさい」

ジャスミンが抗議しようとする前に、夫人はサッとその場を去ってしまった。

とりあえずこれは脱いでしまおうと彼女は考えて、チクチクするナイトガウンを頭から脱ぎすてた。そしてブルーマーとペティコート、それからドレスを着た。ドレスのファスナーを上げていると、ジェンキンズ夫人が、高いところにボタンのついたブーツを持って戻ってきた。

「これを履いてごらん」

彼女は、ジャスミンがぴったりしたブーツを履くとニッコリした。

「まあ、絵のようだね。ハーベイが連れてきた子と同じ女の子とは思えないよ」

「そうじゃなくて、私は」と、ジャスミンはつぶやいた。

「ほら、また始まった。明日、お医者さまが外輪船でビクトリアへいきなさるから、あんたを連れて行ってもらうことになっているんだよ」

ジャスミンは、キッと、険しい表情で見上げた。

「でも……」

「今は、でも、は、なし」

ジェンキンズ夫人は、手を振って言った。

「もう、全て、決まったことだ。お医者様があんたの分も払ってくださるよ。そうだ。あんたにお使いを頼みたいんだけど。できそうかい?」

ジャスミンはうなずいた。もし、ジェンキンズ夫人が彼女を町へ使いにだすのなら、ケーアンがどうなったのか分かるかもしれない。

「食料品店に行って、それから夕食の手伝いをしておくれ。その水差しの水はまだ顔を洗えるくらいには温かいよ。それと、外のお手洗いは裏口の外にあるからね。なにか用事があれば、私は台所にいるから」

外のお手洗いから帰る途中で、彼女は見つけた。――薪小屋の後ろに隠された黒い包みを。ズボン、ジャケット、靴、帽子――下着類も。それに、ポケットの中にはまだ五ドル札も入ったままだった。何もかもそこにあった。袋以外は。

その包みを集めて、こっそりと台所を通りすぎ、ホールから寝室に戻った。水差しに水を入れ、服を何とかして洗い、それから乾かすために、ワードローブの中につるした。彼女が汚れた水を窓から外に捨てた時に、ジェンキンズ夫人が部屋に入ってきた。

「音が聞こえたと思ったんでね。しっかり洗えたかい？」

「ええ、ありがとうございます」

彼女は嬉しそうにニッコリして言った。

ジェンキンズ夫人は、彼女に硬貨を手渡した。

「マッケイさんのところで新鮮な卵を少し買ってきてくれれば、それで夕食の用意ができるよ。場所は、丘を下りた、角のところだからね」

「でも、二十五セントしかないわ」

「また始まったね。二十五セントあれば、一ダースの卵が買えるよ」

「いいかい、町まで行ってはだめだよ。騒々しくて乱暴なところだから、女の子が一人で行くところじゃないからね」

第十五章

卵一ダースね。お安い御用よ。ジャスミンは、マッケイさんの所を軽い足取りで通り過ぎながら、思った。彼女は町の中心部に行くつもりは全くなかった。ただ、中国人のいる場所に行こうと思っていた。卵はそこで簡単に手に入るし、情報も得られるだろう。

でも、自分がジロジロ見られることは想定していなかった。彼女が歩いていくと、人々の目が付いてきた。歩くのをやめて、彼女を見つめる男たちもいた。若い白人の女の子が、たった一人でチャイナタウンにいる！　彼女はもはや姿の見えないよそ者ではなかった。これ程自分が人目に付く存在だと感じたことはなかった。このばかばかしい服のせいだわ。と、彼女は腹立たしく考えた。プライドを低くし、まるで旗のように、自分をこれ見よがしに振っているようなものだ。

それでも、彼女はこれまで自分が人と違うということ、自分なりにユニークな存在だということを誇りに思ってきたのだ。だから、彼女はスカートのしわをグッと伸ばし、肩を真っ直ぐにし、そのまま歩き続けた。人々の凝視を無視して。ところが、今度は彼女の膝が痛み出した。上等だわ。彼女はびっこを引きながらつぶやいた。ケーアンと一緒に食事をしたレストランを通り過ぎ、ランドリーを過ぎ、――あった！　食料品店だ。

完璧だった。これで卵とブーツも買うことができる。ちいさなベランダを通り木造の建物に入った。長いカウンターが両側に伸びていて、棚が天井まで届いていた。右側に食料品がおいてあり、左側には乾物や金物類、ブーツや靴があった。小さな棚には、スティックの香と共に祭壇があった。後ろにはひとかたまりの人々が大きな木のストーブのまわりで、しゃべっていた。

彼女はさっそうとカウンターのところに行った。

「昨日の爆破について何かご存じですか？　それと、中国人の男の子を見ませんでしたか、私くらいの年の、チャン・タイ・ケーアンという名前なんです。それに卵を少し買いたいんです。そして、ブーツ一足も。私用です」

突然彼女の周りに沈黙が圧倒した。ストーブの傍にいた者たちがびっくりした顔で口をぽかんと開けた。店員はひるんだ様子で彼女を見つめた。彼女が、隅にエリザベス女王の絵がある、青い五ドル札を差し出すと、彼は首を固く振り、ドアを指さした。

ジャスミンは、かまわず、ブーツのところへ行って、一足を手に取った。

「これなら十分、丈夫そうだわ。すみませんが……」

彼女は、急にしゃべるのをやめた。英語で話していたのだ。店員は、中国語の方言をしゃべっていたが、彼女は一言も分からなかった。

頬を真っ赤にして、彼女は急いでその店を出た。お札は彼女の手の中でくしゃくしゃになっていた。バカだわ！　これが本物のお金だなんて思うわけないわよ。でも、どうして、彼らの言葉を話すことができなかったのかしら？　恥ずかしさとあせりの涙で、彼女は喉がつまった。バカ！　ケーアンはどうなるの？　どうやって彼を見つけることができるの。言葉を使うことができなくなったのなら。もうめちゃくちゃだわ。それに肝心の卵もまだ買っていないし。

彼女はマッケイさんの所へ行こうと、びっこを引きながらそこを出た。膝の痛みに顔をしかめながら。彼女はばかばかしいスカートと、つま先を痛めつけているかかとの高いブーツを呪った。一歩、歩くたびに彼女の頭はズキズキした。

「で、君はどこから来たのかな？」

彼女に卵を渡しながらマッケイさんが聞いた。彼女はうろたえて、後ろを向いた。何もかも混乱していて、彼女はもはや何も分からなかった。そして、それについて何も話したくないことは確かだった。早くそこを出ようと焦って早く動きすぎたので、彼女は自分のスカートにつまずいて、床に転んでしまった。

店の人が起こしてくれた時、ふいにある考えが浮かんだ。

「たぶん、あれだわ――もちろんそうよ！」と彼女は叫んだ。

「服と関係があるんだわ！」

彼女はびっくりしているマッケイさんに笑って見せ、急いでドアから出た。

「さあて、変な子がいるぞ」

彼女が、よろめくように丘を登っていくのを見ながら彼は言った。

「だが、ともかく卵は無事だったがな」

ハーベイ・ジェンキンズさんは肉の塊を切り分けてから、新聞の方に向かい、彼の妻はサヤエンドウ、ニンジンとマッシュポテトを皿に山盛りにした。

「ここに載ってるぞ」とジェンキンズさんが言い、記事を読んだ。

「ブリティッシュコロンビアの鉄道の路線沿いで、中国人の労働者が急速に姿を消している」

彼は、イエールセンテニアル紙を下に置いて、夕食に向かった。

「たった一週間で二十八人中六人がエモリーの下で死んだんだと」

彼は大きな声で言った。

「ほぼ四人に一人の割合だ」

ジェンキンズ夫人は舌打ちをした。

「このイェールで、壊血病で死んだ数より多いよ。覚えてる、ハーベイ？　私たちすごく怖かったけど、天然痘だった」

彼女はがつがつ食べた。

「さあ、食べなさい。それは新鮮な鹿肉だよ。野菜はうちの庭でとれたものだし」

ジャスミンは無理やり少し口にした。

「そういえば」とジェンキンズさんは言った。

「苦力は、死に対しておかしな態度をとるんだ。仲間の一人が壊血病になると、他の者はそのまま放っておくんだ。気にもしないよ」

「私の友人が一度、見捨てられていた苦力を助けてあげたんだけど」とジェンキンズ夫人が言った。

「道端で見つけて、自分の家に連れてきて元気になるまで看病したんだって。想像できる？　とにかく良くなったんで、キャンプに戻してあげたところ、苦力たちは、その人を幽霊だと思って、あろうことか、急いでそこから逃げ出したんだって！」

彼女は大笑いして、更にシチューをお代わりした。

「本当に生きていると信じるまでに、しばらく時間がかかったそうだよ」

「不吉なことだと思っているんだと思います。人が死んだところで働くのは」と、ジャスミンは言った。

「それじゃ、まだウロウロしているのは不思議だね」

ジェンキンズさんが言い、ごわごわした口髭を拭き、自分の皿に、更に食べ物をよそった。

「この渓谷沿いじゃ、いつも中国人の一人や二人死んでいるんだ」

お代わりした食べ物を呑み込むのに、しばらく時間をおいてから、彼は言った。

「しかし一つだけ認めなくてはならんぞ。彼らは確かによく働く。これを聞いてごらん」

彼は新聞を取り上げ読んだ。

「一八八二年六月、馬もカートも蒸気もなしで百三人の中国人は、ピックとシャベルとドリルと手押し車だけで八八・一四七ヤードの地面、一〇・〇八一ヤードの緩い岩と一六・四六二ヤードの硬い岩を掘った。三か月前にビクトリアに上陸した、これらの中国人たちは、シャベルの持ち方、ドリルの使い方を習い、彼らの何人かは足下に河が泡立っているところを、岩にしがみつきながら、仕事場まで、ロープで二百フィートの絶壁を登っていった」

彼は新聞を下に置き、口髭をグイッと引っ張った。

「わしにはできんことだ。わしに言えることはそれだけだ」

「さあ、そんなバカな話はもう沢山」とジェンキンズ夫人が言った。

「まあ、あんたは、コオロギのようにしか食べてないね。ビクトリアではどんなものが好きだったの！　きっと、ここよりたくさん食べたんだろうね」

「私、ラザニアが大好きです」とジャスミンが答えた。

「それと、デザートにはラズベリームースが」

ジェンキンズ夫妻は眉毛を上げた。

「聞いたことがないな」とジェンキンズさんが言った。

「ま、しかし、ムースはいっぱいある。ラズベリームースなんていうのは見たことがないけど。さて、さて、そいつにお目にかかりたいね」

「私の作ったデザートを少し食べてみたらどう？」と、ジェンキンズ夫人が言った。

「あんたの言うムースがどんなのか、さっぱり分からないけど。テーブルの上にある、とってもヘルシーなデザートはベイクドアップルだよ。センテニアル紙がそう言ったんだから」

「ばかばかしい」

ジェンキンズさんが、熱々のリンゴにカスタードを注ぎながら、大きな声で言った。

「センテニアル紙の言うことなどかまわないで、パイを作ればいいんだ」

ジェンキンズ夫人は夫を無視した。

「ワクワクしているだろう、明日は家に帰ることができるから。あんたの叔母さんは大喜びするよ。でも、スカッジーを見られないのは残念だね。あれは見る価値があるよ」

「そーだな」とジェンキンズさんも同意した。

「オンダードンクが、蒸気船をヘルズゲイトまで走らせるんだよ」

「オンダードンクって誰ですか？」

ジャスミンが聞いた。

「このあたり一番の人物だ。峡谷を通す鉄道を建設している男さ。彼が中国人を雇って、仕事をさせているんだ」と。

「ヘルズゲイト……ってここから遠いんですか？」

「二十マイル位かねえ、ハーベイ？　それより、ビクトリアのことをしっかり聞きたいね」と、ジェンキンズ夫人は熱心な様子で、彼女の方に身を乗り出した。

ジャスミンは、食べかけのリンゴを、お皿の別のところに押しやった。どちらを話したらいいのかしらと考えた。今のビクトリアか、それとも後の時代の？

「ええっと」と、彼女は始めた。

「叔母はウオーターフロントにあるコンドミニアムの九階に住んでいます。夜には、電気の灯った議会の建物が見えます。それに、有名なCPRのホテルのエンプレスホテルも。ホテルは、ずいぶん昔に埋め立てられた干潟と湾のところに建てられました。つまり、今から数年前ですけど。今は……」と。

彼女の声が小さくなり消えて行った。彼女はジェンキンズ夫妻同様、混乱し、その度そうするように髪のひと房をくるくる回した。どうやって説明したらいいのかしら？　自分の時代のことを話す方がいいかもしれない。

「父がジャンボジェット７４７で、中国に行ったので、私は今、叔母と暮らしています。私は中国で彼に会う予定です。でも、長い飛行なのです。十三時間かかり、一日遅れるので、月曜日に出発すると、中国には水曜日に着きます。火曜日は何でもないのに過ぎるんです。でも、西に帰ってくれば、もう一日増えることになります」

ジェンキンズ夫妻はびっくりして、彼女を凝視した。

「私にも分からないんです」と彼女は言った。

「つまり、時間と旅、ということが」

「かわいそうな子だね」

ジェンキンズ夫人は、ジャスミンの方へ手を伸ばして頭を撫でた。

「あんたはあの爆発で怪我をしたんだよ。そんな話をするなんて。そんなバカバカしいことを。まあ、想像もできないよ。中国へ飛んでいくだって！」

「本当なんです。戻ったら、ジェット747のハガキとエンプレスホテルのを一枚送ります。そうしたら――」

いいえ、そんなことしないわ。できるわけがない。彼女が帰る頃、その時代には、ジェンキンズさん夫妻はもうこの世にはいないわ。

「あら、じゃ、バードケージのハガキを送っておくれ。それがいい。ただ、あんたが無事、家に着いたということを知らせてくれればいいんだよ」

「ありがとうございました」

ジャスミンは静かに答えた。

「夕食と、私を泊めてくださったこと。今は本当に元気になりました。もう大丈夫です」

ようやく自分の部屋に戻った時は、もう暗かった。反射的に彼女は電気のスイッチを探った。それから思い出した。彼女はオイルランプに火を灯し、注意深く芯を細くした。ランプのあかりで彼女は苦力の服を着た。まだ火薬や煙の臭いがするけど、洗濯できれいになっているし、すっかり乾いている。そして、まるで古い友人のように、彼女にぴったりしていた。彼女は髪を編み、革の紐を結んだ。さて用意ができた。彼女に必要なのは二、三時間の睡眠だけだった。

それからどのくらい経ったか分からないが、木の葉が窓ガラスに当たって擦るような、微かな、ひっかくような音で目が覚めた。ぞっとする恐怖が起こった。あれは何だろう？　ブルースカー・ウオンの爪の音かしら？　爪がガラスを引っ掻いているのだろうか？　心臓の鼓動が速くなった。彼女はそっと窓の所に行き、カーテンを開けた。

月光の中から、光る、白いものが躍り出てきた。その黄色い眼は、彼女の心の奥底まで突き刺した。巨大な足が彼女に向かって伸びた。それから突然動かなくなった。彼女はその皮の下にピクピク動く筋肉のみなぎる力を感じた。その魔法の力を感じたままでいるのよ！　彼女は深く息を吸った。彼がどこにいるか教えて。

虎は頭をそむけ、吠えた。庭を貫き、街をぬけ、渓谷に——その声は絶壁から絶壁にトンネルからトンネルへ、キャンプからキャンプへと、雷の長いとどろきのようにこだました。そのこだまが消えると、虎は身をひるがえし、消えてゆく夢のように、姿が見えなくなっていった。けれど、そのメッセージは、はっきりしていた。白いひすいの虎は目覚め、探し出されるのを待っているのだ。

ジャスミンは夜明け前に起きた。彼女は窓を開け、敷居を飛び越えて、地面までのちょっとした距離を飛び降りた。庭をこっそり通り抜けて、門のカギを外し、外に出て門を閉めた。それから、丘を飛ぶように下った。彼女の黒い色の服は影と混ざり合っていた。彼女の心臓は興奮でドキドキと鼓動していた。道路に出ると、向きを変え、ヘルズゲイトの方に向かって北の方に、イェールから続く線路をたどった。

やがて、彼女のエネルギーは、より現実的な問題の方に変わった。彼女は、依然として長靴を必要としていた。それに、彼女の袋はどうなったのだろう？　キルトがなければ夜をどうやって過ごしたらいいのだろう？　食べ物はどうするのか？　彼女の持っているお金は役に立たなかった。ゴミの中を漁らなければならないのだろうか？

それとも物乞いをするのか？

彼女の心配は、背後から聞こえる声で邪魔された。中国人の苦力の一団が――この時は――言葉が分かったのだ。

「爆発のこと、聞きましたか？」と彼女は聞いた。

「一日か二日前のことですけど」

「ああ、聞いたよ」

彼らは答えた。

「岩がいたるところに落ちてきた。大勢が死んだんだ」

でも、誰も、地面に埋まった人については、聞いていなかった。

「これから、どこへ行くんですか？」

苦力たちは、持ち物すべてを積み込んでいた。食料やキャンプに必要なもの全部を。

「別のキャンプだよ、ビッグトンネルの向こう側の」

「それって、ヘルズゲイトの近くですか？」

「ヘルズゲイトとスパッザムの間だ。今日は大勢がそこへ行くんだ。はるばるイェールから船が急流を上るのを見物するんだ」

彼らは首を振り、笑った。

「船がヘルズゲイトを通り抜けるだって？　気違い沙汰だ！　できっこない！」

やがて、ジャスミンは苦力たちを追い越し、彼らをはるか後ろに残した。だんだん空が明るくなった。太陽の光が鉄道の線路沿いに射しこみ、鋼鉄をぴかぴか光るメタリックな糸に変えた。

新しく敷かれた線路にリンリンというベルの音とガタガタ言う音が、朝の静けさを破った。カーブを回ったところにそれがやってきた。晴れ着を着た男や女、子供たちを乗せた五台の平貨車をつけた機関車だった。

「おい、ジョン！」

若者の一人が叫んだ。

「俺たちはスカッジーを見に行くんだ。乗らないか？　豚のしっぽをなびかせて、行こうぜ……」

汽車がトンネルに突っ込むと、ジャスミンは言葉を失った。スカッジー。彼女は思い出した。ヘルズゲイトを通るという船だ。

トンネルが荒々しい口をぽっかり開けて、彼女を呑み込もうと待っていた。彼女は息をのんだ。さあ、行くのよ。彼女の心の声が強い調子で言った。今朝は三つも通ってきたのよ。たとえ、これが一番長くてもどうってことないわ。一番暗くっても平気よ。彼女は空気の気持ちの悪い冷たさや、通り抜ける時の、上にのしかかる山の圧力、頭の上のギザギザの岩から絶えず落ちてくる水滴を無視しようとした。さあ、一度に一歩、光に向かって……そして、とうとう日の当たるところに出た。

何マイルも何マイルも、彼女はとぼとぼ歩いていった。流れのところで止まり、氷のように冷たい水を飲み、顔に水を浴びせた。他のどのトンネルよりも三倍の長さがあるビッグトンネルを通り抜けた。架台を越え、連なる狭い通路、水路を過ぎた。うずくような空腹感をいやすため、立ち止まって、ブラックベリーを食べた。それでも彼女の膝だけは痛まなかった。

その後、三つのトンネルを勇敢に通り抜け、彼女は、フレイザー渓谷への高くにある川岸に沿って、連なっている大勢の興奮する人たちの中に、よろめくように着いた。

彼女は用心深く、縁を進んで、下を見下ろして、息をのんだ。

これだったんだ、彼女の夢にあったところは。**デジャブ**——川は岩棚から、猛り狂って流れ、花崗岩の双子の塔の間を押し合いながら進んでいる……狭い入り口、しぶきで沸とうしているように見える……目を細めて、しっかり見つめたら、おそらくブライトジェイドの姿が現れるかもしれない。もし……、

「ヘルズゲイトへ、ようこそだ、ジョン。しっかり見てろよ。世紀のショーが始まるぞ」

ジャスミンは、彼女の傍にいるがっしりした、もしゃもしゃの髪の男の方を向いた。

「あれが見えるか?」

彼は急流のなかでもがいている蒸気船を指さした。流れがあまりにも強いので、船は片側に激しくぶつかり、それから反対側にきしみながら打ち付けられて、投げ出された。

「あれがスカッジーだ。あの船を繰ってヘルズゲイトを通り抜け、はるかリットンまで行くんだってことだ。オンダードンクさんの軽はずみな計画さ。鉄道の建設者だよ。そんなことは全部知っていると思うがね」

ジャスミンは、その男が、彼女が言葉を理解できるかどうかを知っているのかはっきり分からなかったが、そんなことはどうでもいいようだった。というのは、しばらくパイプを吸ってから、また話を続けたからだ。

「長さ一二七フィートで、二五〇トンだ。オンダードンク夫人によって、五月に進水したんだ。船を通してくれと頼まれた最初の船長はダメだと言ったんで、別の船長を見つけたんだ。だがこの頃には、川の水量がだんだん高くなっていた。春にはそうなるんだ。さて、この船長は、何度もやってみたが、いつも川に負けて、ついに諦めちまった。で、オンダードンクはどうしたと思う？　もう一度やってみるという馬鹿なやつをまたもや見つけてきた。その船長の中の一人が、実際に、スネークリバーの滝を、船で乗り越えて、オレゴンまで下ったんだ」

彼は話すのをやめて、たばこの煙を、輪にして吐きだした。

「オンダードンクは、今度ばっかりはうまくいくと考えたに違いないよ。そうでなければ、このショーを見るためにこいつらをみんな連れてくる理由があるかい？　そうだろう」と彼は言った。

「こいつに息をつめるなよ、ジョン」

彼はパイプを吸いながら、独り言を言って、ぶらぶら歩いて去って行った。

ジャスミンは土手を行ったり来たりして、キャンプのしるしがないかと探した。

彼女の周りじゅうの男たちがスカッジーの挑戦の結果を賭けていた。金や材木やあらゆるものを賭けた——みんな船が敗けることに。哀れな船足を見れば、それも納得できることで、ジャスミンもそれに賭けたことだろう。

彼女の勝つチャンスはどうだろう？　百対一の確率で、ケーアンはどこかヘルズゲイトの近くにいると思った。おそらくもっと——前方のあのキャンプに。そこは木の上に煙が昇っていた。彼女はそこを目指して進んだ。そこが中国人のキャンプで、もうそれ以上遠くに行かなくても済みますように、と願いながら。

ぺちゃくちゃいう話し声で、自分が一部正しかったと分かった。彼女は出会った最初の苦力を呼び止めた。

「チャン・タイ・ケーアン？」

彼女はあまりにも疲れていて、それ以上言葉が出なかった。その苦力は名前を繰り返した。

「若い？　あんたと同じくらいの背丈か？」

「そう。そうです！　どこにいますか？」

その男は、キャンプのずっと奥にある、たるんだ灰色のテントを指した。

「最後に見た時には、そこにいたよ。だが、分からんよ……」

ジャスミンは最後まで聞かないで、そのテントの方へ向かって走った。ほっと安堵して有頂天になっていた。彼女は考えないでテントの入り口を押し開けて飛び込んだ。

第十六章

中に入ると、余りにも強烈な臭いに襲われて、気分が悪くなりそうだった。テントの壁にもたれてしゃがみ込み、彼女は吐き気と戦い、テントの外に逃げ出したいのをがまんした。

しっかりするのよ、と自分に言い聞かせた。目が暗闇になれるのを待つのよ。彼がここにいるのかどうか分かるまで待たなくちゃ。

テントの中は窒息しそうだった。空気が重くて、圧迫するようだった。そこはアヘンを吸う人々の見る、沈黙の夢に満たされ、空気が重かった。汚れた床の上に、藁の敷物が広げられ、その上に影のようなものが、死人のようにじっと横になって並んでいた。

板のテーブルに男が一人座ってパイプを用意していた。ジャスミンは、好奇心と嫌悪感の両方が混ざった気持ちでそれを見ていた。最初に彼は長い針を缶の中に浸し、それからそれを引き上げて、べたべたする黒いものが、ビーズのような丸い球状のペレットになるまで回転させた。彼は注意深くそのペレットをランプの上で熱した。

それからそれを長い軸のついたパイプに詰めて、そこにいた男たちの一人に渡した。

彼女はその人々の顔を注意して見て、彼らが幽霊のようだと思った。私の見た夢の中のどれよりも幽霊みたいだわ。一人の幽霊がパイプを取り、その気体を肺の奥深くへ吸い込むところを見守った。まるで、永久にそこに息を留めておくかと思われた。しばらくして、ようやく彼はそれを吐き出し、また長い柔らかい羽根のような煙で空気を満たした。

元のように身を横たえようとした時、彼の目がぼんやり漂って、ジャスミンに向けられた。

「ケーアン」

彼女はささやいた。ぼんやりとした明かりにもかかわらず、それは疑いなかった。けれど、彼は返事をしなかった。恍惚とした微笑みを浮かべて、彼は夢の中に戻っていった。

彼女は他の人の身体を跨ぎ、敷物をまわって、彼の近くに行った。

「ケーアン」と彼女は必死にささやいた。

「お願い、起きて」

アヘンの男は、彼女に近づいてきて言った。

「無駄だよ。ペレットがなくなってしまうまで待つんだ。お前さんも吸うかね？　パイプ一つ、一ドルだ」

彼女は首を振り、涙が出そうになり、胃がキリキリ痛んだ。彼女はよろけるようにテントの外に出て、激しく吐いた。何度も、何度も。

それから少しして、彼女はそのキャンプの端に、野菜の畑があるのを見つけた。そのわきを水が流れていた。彼女は、ふらふらとそちらの方に行き、何度も顔に水をかけた。それから、アヘンのテントに戻り、テントの外に座って待った。一時間？二時間かしら？　どれだけ時間がかかろうと、待つつもりだった。


それから、どれくらいか分からないほど時間が経った。肩に手が置かれるのを感じ、やさしく揺り起こされた。「ケーアン！」彼女は涙で喉が詰まった。

「何があったの？　あなたは爆発で土に埋まったって聞いたわ。すごく怖かったわ。私、思ったのよ……」

彼は彼女の腕を軽くたたいた。

「お腹すいているだろう？　おいでよ」

彼のキャンプは、テントがかたまってあるところから離れていて、水場と畑に近かった。

「乗合馬車のドライバーが私を見つけてくれたのよ」

ケーアンが火をおこし、米を火にかけると、彼女は説明を始めた。

「その人は、私をイェールへ連れて行ってくれて、私はみっともない服を着なければいけなかったの。彼の奥さんが私の服を捨てちゃったからよ。それで私、チャイナタウンに行ったの……」

少しずつ話が出てきて、虎の幻が出たところまできた。その時、食事の用意ができて、ケーアンが、彼女に竹のポールにつけた布の袋を手渡した。

「ほら、君のためにとっておいたんだ」

彼女は彼を抱きしめたい気持ちを抑えた。

「まあ、よかった！」

彼女は茶碗と箸を取り出して、がつがつ食べた。これ程おいしいものを食べたことがなかった。

「僕は爆発の音を聞いて、君を投げ飛ばしたことを覚えている」とケーアンが言った。

「それから、落ちてくる岩に当たったんだ。気が付いた時には、君はいなかった。ただ袋だけが残っていた。僕は、君が消えてしまったと思ったんだ。前のようにね。それで、北へ行く一団に加わった」

「でも、どうしてアヘンなんか？」

「夢の中に君が出てきてくれればいいなと思ったんだ」

「それで、出てきたの？」

彼は少したってから答えた。

「うん、でも違った風にね。そして違った時代に」

「私は、違う時代から来たのよ」

「そうだ、でも……」

彼は肩をすくめた。説明できないか、説明したくないというように。

「ただのアヘンの夢だよ」

「それで、あなたのお父さんは？」

「まだ、何も分からない。でも父はきっと近くにいると思うんだ」

キャンプ中で、火がパチパチ、シュウシュウいっていた。夜が近くなり、食べ物の匂いや、疲れた声がした。

「僕は仕事の契約をした」とケーアンが言った。

「中国に帰るお金を稼ぐんだ」

「それなら、私も契約するわ。どうやってするの？」

「君にはこの仕事はできないよ！」

ケーアンは反対した。

「馬鹿げてる」

「そもそも、ここに来るほど馬鹿げてることはないわ。誰も私なんか見ないわよ。服装だって苦力そのものだし。背丈だってあなたと同じくらいだわ。そして、私は本当に力があるのよ」

それに、胸は平らだし、と口に出さないで付け加えた。

「顔を隠して口を開かないようにしているわ。私のことは、あなたの従弟だって言って。名前は適当に言えばいいわ」

ケーアンはため息をついた。彼女と言い争うことはできなかった。ドラゴンメーカーの言う通りだ。彼女は火のように燃える精神を持っている。

「いいよ」と彼は言った。

そして突然気づいた。予期しなかった一瞬のひらめきで、自分が彼女を誇りに思っているということを。

「でも、私、ブーツが必要だわ」

彼女は、彼の丈夫そうな仕事用のブーツを見ながら言った。

「あなたのような」

温かい微笑みの中に、えくぼが浮かんだ。

「明日、手配師のところに連れていってやるよ。そこでブーツを手に入れられる」

「一日八〇セント欲しいか、それとも一ドルか？」

手配師が聞いた。

ジャスミンは考えた。もし、一ドルにすれば、必要なものは全て、会社の店で買わなくてはいけない。それも高い値段で。でも彼女は長くいる気はないのだ。必要なものは、どれくらいになるのだろう？　彼女は一本指を立てた。

「一ドルだな」と彼は言った。

「だが、もし他の店で何か買ったらすぐさま解雇だ。それと移動する時はいつも、持ち物を全部持って、自分のキャンプを自分で作るんだ」

「一ドルなんてたいして多くないわ」

仕事場へ歩きながら、ジャスミンが言った。

ケーアンはびっくりしたように彼女を見た。

「白人が稼ぐほど多くないけど、中国と比べたらひと財産だよ。だって百姓は一日七セントしか稼ぎがないんだ」

「七セントですって？」

ジャスミンはびっくりして息が止まるほどだった。

「ここで働けば、誰でも、帰ったらお金持ちになれるわ！」

「僕もそう思った」と彼は言った。

「だけど中国を出る前に雇われたものは、ここまでの費用を払わなくてはならないんだ。だから、毎月お金が差し引かれる。それに、家族を養うために、毎月、家にお金を送っている。みんな土地を買えるだけのお金が貯金できると考えたんだけど、今では、それがただの夢だってことが分かったのさ」

一時間して、仕事場に着いた。トンネルが、山の中に掘られているところだった。トンネルの屋根の近くで、一団の中国人の苦力がすでに仕事をしていた。高さの違う、いくつかの突き出た坑道で、爆破するための穴をドリルで開け、ダイナマイトを挿入し、フューズに火をつけ、走って身を伏せる。爆破が収まるとつるはしを持った一団が岩を砕いて小さな塊にし、その瓦礫を取り除くのだ。

トンネルの外では、更に多くの岩がドリルで穴を開けられ、爆破され、細かくされて、路盤に積み上げられていた。

「あれが、僕らの仕事だ」とケーアンは言って、彼女にシャベルを手渡した。

「砕いた岩を手押し車に入れて、途切れていたり、穴が開いているところに捨てるんだ。路盤が終わったら、線路を引くんだよ」

次から次へ粉砕した岩の山を動かさなければならなかった。直ぐに身体中の筋肉という筋肉が悲鳴を上げ始めた。彼女は、庭を耕すことは背中を痛める仕事だと思っていたのだけれど。これに比べたら何でもない事だった。腰をかがめ、持ち上げ、かがんで、持ち上げた。彼女の身体は一つの長い、深い呻きだった。これが自分の考えたことなの？　ジェンキンズ夫人の言うことは正しかった。彼女の頭はどうかなっていたに違いなかった。

永遠と思われるくらい時間が経って、麦わらのボスが彼らに休んでお茶を飲むように言った。

「やめてもいいの？」

彼女はケーアンの傍にどっと倒れ込んだ。茶碗を持ち上げる力もなかった。

彼は笑った。

「まだ三時間しかたっていない。あと七時間もあるんだよ」

あと半分まできた時、作業をやめて、干し鮭とご飯の夕食を取った。巨大なやかんが火の上でぐらぐら煮えている間、苦力たちはインディアンチキンのことについてぶつぶつ文句を言っていた。

腰をかがめ、持ち上げ、あえぎ、呻いた。今では、彼女は、前よりもすくう量が少なくなっていて、誰もそれに気づかないようにと願った。動きは更にゆっくりになり、彼女は新しいブーツと足のまめを呪った。彼女はその日が終わってくれることを願った。虎が現れ、彼女をひそかに連れて行ってくれることを願った。

警告のサイレンが頻繁に鳴らされ、その都度、全員が爆破を避けるために、トンネルから急いで出た。一インチ、一インチと山を掘り進んでいった。しかし花崗岩の岩は果てしなく続くように見え、工事の進行は驚く程遅かった。

彼女はトンネルの中で働く人たちを気の毒に思った。一日中立ち込める埃を吸い込み、爆破の火薬の煙で目がチクチクした。山全部が彼らの頭上にあった。たった一つのフューズにでも間違って火がつけられたり、一瞬でもためらえば……。

彼女は涼しい新鮮な空気を肺に吸い込み、自分が光や空から隠れたところにいるのではないことを感謝した。

腰をかがめ、持ち上げ、あえぎ、呻いた。ねえ、お父さん、私がいつも言ってたことを覚えてる？　きつい仕事なんてヘッチャラだって。あのね、私が、今、何をしてるか分かる？　ＣＰＲの線路を作っているのよ。それも、中国人の苦力と一緒に。そう、本当。私は誰なの？　精神錯乱者？　まさかね。私のいた時代に戻ったら、フレイザー渓谷を通る列車の旅をしたいわ。どれだけ長くここにいるのかは分からないけど。多分必要なだけね。ブライトジェイドと虎に変わったことがなければ。ブライトジェイドと虎のことまだパパに話してなかったかしら？　そうね、帰ったら……。

その日が終わった。彼らはとぼとぼ歩いて帰った。誰も口を利かなかった。最初の二、三日が過ぎると、彼女の筋肉は痛まなくなった。それとも、痛みを感じることをやめてしまったのだろうか？　いつの間にか無感覚になっていた。やがて、単調な骨の折れる仕事は終わるのだろうが、それがいつなのかは分からなかった。そして、どのように終わるのかも。

その間、スカッジーは、まだヘルズゲイトを取り抜けようともがいていた。四日経つと、イェールから来ている群衆は家に帰ってしまった。スカッジーが身動きできないのは明らかだった。八日が過ぎても状況は変わらなかった。十日経つと、オンダードンクはあることを決意した。

数人の白人のボスが、彼らのキャンプに走ってきた。

「この監督の人たちはみんな何をしているのかしら、ここで？」とジャスミンは不思議に思った。

「何が起きているの？」

ボスたちは苦力を寄せ集め始めた。

「行くぞ、ジョン、大仕事だぞ、大事な」

彼らは苦力たちを川岸に連れて行った。そこでは渓谷の両側に苦力たちが横に並んでいた。

「百五十人はここにいるわ」とジャスミンが言った。

「何が起きるの？」

ケーアンはただ肩をすくめただけだった。それがなんであれ、容易なことではなさそうだった。そうでなければ、百五十人もの中国人を集めた理由がないではないか。

それにしても、土手に沿って伸びている分厚いロープは、何のためなんだろう？

「まあ、大変だわ」

ジャスミンがスカッジーの方を指さして言った。一ダースもの人々が船の巻き上げ機にロープの端を固定していた。

「私たちが、急流の中を引っ張らなければならないみたいだわ」

彼女は正しかった。環付きボルトが渓谷の岸壁から送られた。その重たいロープは、並んでいる苦力の手を通り、ボルトからスカッジーまで達した。彼女は目を閉じて、下の激流のことを考えないようにした。更に悪いことに、雨が絶え間なく降り始めた。一度でもロープを握りそこなったら、又は、滑りやすい地面で、一度でも足を踏み外したら、確実に死を意味していた。彼女はブーツに履き替える時間があればよかったのにと思いながら、布製の靴で、身をかがめた。

ロープは汗と汚れでテカテカしていた。彼女はそれをできるだけしっかり握った。それは彼女から命を搾り取ってしまおうとしている何か恐ろしい怪獣の節くれだった筋肉のような、嫌な感触だった。

「引け！」

彼女は腕が痛くなるまで引っ張った。撚り合わされたロープのように、胃がよじれるまで。雨と風のしぶきの中で、スカッジーの煙突から蒸気が噴き出しているのが見えた。ボイラーは今にも破裂しそうだった。

身体を緊張させて引っ張りながら、彼女は、他の人たちのうめき声が聞こえ、それらが、内部にしみていくのを感じた。それとも、それは、彼女の夢の中から戻ってきた幽霊のうめき声だったのだろうか？

「引くんだ」

監督が叫んだ。

私たちが内臓まで全部引っ張り出してないみたいだわ、と彼女は思った。どう思う？　私たちが手を放して、彼らの馬鹿げたスカッジーと一緒に、ヘルズゲイトに落ちて行きたいって思っているってことを。

怒りで、更に激しく引っ張った。彼女の心は全てを遮断し、感じるのは、ただロープの感触と、自分の手の焼けるような熱さだけだった。しばらくすると、まるで暗闇が彼女に覆いかぶさってきたようだった。トンネルの恐ろしい闇ではなく、歓迎してくれているような暗闇だった。彼女に続けるように促す夢の中の幽霊が照らす明るさだった。

その後、ズキズキする手をいたわりながら、余りにも疲労困憊していたので動くこともできないで、キャンプの火の傍に座っていた。

「驚くのは」と彼女が言った。

「私たちが本当にやったということだわ。私たちは船を引っ張って通したのよ」

「**イェールでは、休日にしてお祝いをするんだ**」とケーアンが言った。

「ここはどうなの？」

彼は苦笑いをした。

「苦力にはないよ」

夜明け前の静けさの中で、アヘンの男がこっそりとやってきて、ケーアンを揺すり起こした。

「誰かが、お前とお前の従弟を探しているぞ」とささやいた。

「長いローブを着た奴だ。金持ちの商人だよ」

ケーアンは飛び起きた。

「顔に傷がある？」

男はうなずいた。

「その男に何て言ったんですか？　今、どこにいるんですか？」

「アヘンのテントの中だ。お前を見ていないと言っといたよ。だが違うことを言った者がいるかもしれん。お前の父親のことも聞いていた。その男を知っているのか？そいつは、お前をどうしたいんだ？」

「今は説明できません。ジャスミン、起きて。直ぐにここを発たなくちゃ」

「どこへいくんだい？」とその男が聞いた。

「俺は、あの男に、何といえばいいんだ？」

「私たちはビクトリアへ戻ったと言ってください」とジャスミンが言った。

彼女は震えながら、持ち物を荷造りし、ケーアンは賃金を払ってもらいに行った。彼女の口はカラカラだった。足はフラフラして、弱々しかった。ブルースカー・ウオンは二人を見つけ出したのだ。

第十七章

冷たい秋の朝の光が渓谷に射し込んでいる時、二人は北へ向かっていた。

「もし、ブルースカー・ウオンがアヘンのテントにいるなら、暫くはそこにいるだろう」とケーアンが言った。

「たとえ僕たちがビクトリアへ行ってしまったということを信じなくても、僕たちは、彼より一足先に出発したんだ」

「どれくらい遠くまで行くの？」とジャスミンが言った。

「行ってみないと分からないよ。まず、僕の父を探さなくちゃ。特に、ブルースカー・ウオンが今ここにいるということになるとね。途中にあるキャンプを全部当たってみよう。他にできることはないんだ。父はイェールにはいないし、スパッザムにもいない。多分ボストンバーか、それともリットンかもしれない」

「監督は、お金を払ってくれたの？」

ケーアンはにやりと笑った。

「うん、僕があんまり早い時間に起こすもんだから、ぶつぶつ文句を言ったけどね。でも、あんまり眠たいもんだから、何も聞かなかった。さあ、受け取って。君の分を数えておいたよ」

「取っておいて。どのみち、もらってもどうにもならないわ。私の時代には、役に立たないわ。あなたに五ドル札が役に立たないのと同じよ」

「でも、もし君が一人でビクトリアへ帰るのなら、船賃に必要だ」

　あなたなしで戻るなんてありえないわ。彼女が言った。彼女の心は、もうはっきり決まっていた。大股で歩きながら、彼女は寒さで震えていた。彼女は、もっと寒くなる前にチャンサムが見つかるといいなと思った。山の斜面の、赤や黄色の模様の上に、雪の白い線がだんだん下に降りてきているのが見えた。

　突然、それまで考えてもみなかったある思いが心に浮かんだ。冬になっても、まだここにいることになったらどうしよう？　それからどうなるの？　もうすでに、九月の終わりだった。彼女は、二人が、白いひすいの虎を見つけだしたら、すぐさま自分の時代に戻るのだと思っていた。でも……彼女の胃は、まるでガラスのかけらを呑み込んでしまったかのようにキリキリと痛んだ。もし、そんな風に、彼女が考えていたように物事が運ばなかったらどうしよう？　もし、ここに留まっていて、戻れなかったらどうなるの？

　もう一つ別のトンネルが、彼女をすぐ現実に戻した。一度に一歩ずつ、と自分に言い聞かせた。残りは後に考えよう。それとも、心配するのはやめよう。ただ待ってみよう。彼女は深呼吸をして、トンネルに突進した。

「幽霊の気配を感じるかい？」

ケーアンがささやいた。

「彼らはきちんと埋葬されていないから、魂が安らがないんだ。中国人は、みんな、先祖と一緒に埋葬されることを望んでいる。そうすれば、霊は安らかでいられるんだ。ビクトリアでは、七年経ったら、骨は掘り返されて、中国に船で送られるんだよ」

ジャスミンは顔をしかめた。

「それって、恐ろしいことだわ」

「七年たったら、身体は分解する」

ケーアンは続けた。

「それは単なる骨なんだ。それ以上の何物でもない。そして霊は故郷に帰ることが幸せなんだ。君は、自分を必要としない外国で永遠にいたいと思うかい？」

「いいえ」

彼女は死んでいる自分を想像できなかった。埋葬されたところで不幸な気持ちでいるということも。彼女は、ただ、トンネルから抜け出たいだけだった。そして、外国の土地にいるということについては、実際、彼女は外国にいるではないか。ま、外国のようなものだ。パタパタいう音がして、彼女の心臓の鼓動が速くなった。足音が彼女を暗闇に押しやったのか？　いや。ただ水が、天井からぽたぽた落ちているだけだった。

「どうして、中国人は、死者にそれほど関心があるのかしら？」

「僕たちは、先祖から力をもらうんだ」とケーアンが説明した。

「そして自分たちを誇りに思ってもらいたいんだ」

トンネルの端に近くなり、彼女は歩を速めた。

「あなたの先祖たちは、あなたのことを誇りに思っているに違いないわ」

彼女は言った。

「あなたは勇敢にも一人ではるばるやってきたのよ。それも、若いあなたがね。そして、勇敢にもお父さんを探そうとしてるわ」

ケーアンは微笑んだ。

「僕はそれ程若くないよ。もう十六歳だし寅年生まれなんだ。寅の年に生まれた者は、恐れを知らず、勇気と力があるとされている。なのに、時々、自分がそんなに勇敢じゃないように感じるんだ。そして、寅年生まれはあまり深く考えすぎるし、繊細すぎるんだ。でも、すぐかっとなって、虎のように怖い時もあるよ」

彼は光の中に出た時、ふざけて、ガアーと吠えた。

ジャスミンは笑った。

「私はドラゴンの女の子よ。私は繊細で、短気でもあるの。エネルギッシュで、頑固よ」

「ドラゴンの年の生まれの者も勇敢なんだ。きっと君の先祖は君を誇りに思っていると思うよ。君も、ものすごい距離を来たんだ。僕とは違った方法でね」

「私の先祖が、私のことを誇りに思ってくれるといいわね」

彼女は突然気づいた――自分の先祖のことをほとんど何も知らないということを。祖父母については少しだけ知っている。もっとも彼女の生まれる前に亡くなっていたけれど。でも、それ以前のことはどうなのだろう？　彼女の両親はそのことについては何も話してくれなかった。そして彼女は訊ねようともしなかった。

「私も自分の先祖のことを知っているといいのに」と彼女は言った。

「多分、ある日、分かるよ。時間の旅をずっとやっていればね。先祖の人たちに会うことだってあるかもしれないよ」

その考えが気に入って、彼女は嬉しそうにほほ笑んだ。

彼らの前方の、渓谷のはるか上の方に橋が伸びていた。ジャスミンはうめき声をあげた。トンネルでなかったら、構脚橋なのだった。彼女は歯を食いしばり、前に踏み出した。ともかく彼女はドラゴンガールなのだ。どこかで彼女の未知の先祖が見守っているのだ。

「下を見てはだめだよ」

ケーアンが言った。

「ずっと前方を見ているんだよ。反対側で皆が仕事をしている。ほら、ロープとレールを置いているよ」

彼女はハンマーの音に意識を集中し、足下の木材のギシギシという音を無視しようとした。頑丈な石の建造物が間を支えているのをチラッと見ながら、彼女は自分に言い聞かせた。全く安全なのよ、これは汽車を運ぶために造られているのだ。たとえそれが百フィートの高さにあるとしても、完全に安全なのだ。一度に一歩ずつ……。

最初の一区間を過ぎた。少なくとも、彼女は戸外にいるのだ、トンネルの中ではなくて。でも、どちらがより悪いかしら？　彼女はクリスタとしたディスカッションを思い出した。寒すぎるのと、暑すぎるのと、どっちがいい？　寒すぎる方。いいえ、ちょっと待って――暑すぎる方かな？　いや寒すぎる方だわ……やめるのよ。ほら、二つめの区間だわ。もし、列車が来たらどうしよう？　もっと速く歩こう。構脚から落ちる方がいいか、それともトンネルの中に埋められるのがいい？　もっと速く、もっと速く歩くのよ。

「やったー」

彼女は大声で言った。

「はるかに速かったわ、今回は」

時間が経つにつれて、風が出てきた。そして黒い雲が、雨が近いことを告げていた。

彼らは、いくつかのキャンプを通った。テントのあるキャンプや、切り出したままの丸太小屋のキャンプがあった。いたるところで苦力の一団が働いていた。けれどチャンサムのいる気配はなかった。

チャイナバーで砂金を採取している男に会った。

「白人が出て行ったんで、金鉱を引き継いだのよ。俺は運が良かったんだ」

彼は、満面な笑みで言った。

「鉄道で仕事をしたんですか？」

ケーアンが聞いた。

「ちょっとの間、崖で働いたよ。ロープで下ろしてもらってそれから爆破のための穴をドリルで開けるんだ。それから、上へ引き上げてもらうんだ――爆破する前にね。岩が吹き飛ぶと、足場があって、他の者がそこに立って、作業をするのさ」

彼はギザギザに切り立った頂上を見上げた。

「俺たちはシャベルだけでここの山の形を変えたんだ。山の精霊が俺たち大勢に金を稼がせてくれた。今度は、俺は金を見つけるんだ。運が良ければもっと儲かる。時には川の中でひすいが見つかることがある。緑色のだがな。いつも。白いのは見つけたことがない」

「白いひすいの虎のことを聞いたことはありませんか？」

彼の目が大きくなった。

「お前も同じことを聞くのか？　ちょっと前、商人が寄っていって、その虎のことを聞いたぞ。だが、俺は何も知らんよ」

クリークの橋は、特に風が激しく打ちつける、前の橋より、もっとハラハラする危険な橋だった。

「川に下りましょうよ」とジャスミンが提案した。

「温まって、何か食べられるわ。もし、ブルースカーが私たちの後をつけているのなら、あそこで、下を見ようなんて、きっと考えないわ」

私たちは橋を渡らなくて済むし、と彼女は、心の中で、言い添えた。少なくとも、暫くの間は。

二人は、半ば這うように、半ば滑って斜面を下りた。谷底で風の当たらない、岩が露出しているところを見つけた。お茶のやかんと、米を炊く鍋用の火をおこし、手を温めていると、カサカサという音が聞こえた。彼らはあたりを見回したが、何も見えなかった。カサカサいう音は続いていた。それは規則的で、時々咳とうめき声がした。

「誰かいるわ」とジャスミンが言った。

「あそこの木がかたまっているところよ」

ハンノキがあるところの、ちょっと開けているところに向かって、こっそり忍び寄ってみると、ボロボロのテントの前で、一人の老人がひざまずいて、火を熾そうとしていた。

「こっちに来て、僕たちと一緒に食べませんか?」とケーアンが言った。

「川の近くで火を熾しているんです」

ケーアンの声を聞いて、その男はギクッとした。非常に難儀して、身体を伸ばし、杖にもたれて、身体を支えた。そして、二人の方にゆっくりと振り向いた。まるで、ちょっと動いても、身体が痛むように。

その男の顔を見て、ジャスミンは息をのんだ。その顔は恐ろしく腫れていて、ひどい傷で変色していた。手と足も腫れ上がっていて、きしむような息をするたび、うめき声をあげた。

ケーアンは、ショックで凍り付いたようになり、じっと見つめて立っていた。

突然、寒さに襲われたように、その男は体を震わせた。

「黒脚壊血病なんだ」

彼はしわがれた声で言った。

「最初は足の指が腫れ、それから、足が腫れ、目がやられる。震えがひどくなったら、もう時間がないってことだ」

彼は避けがたいことをふるい落とし、背筋を伸ばして、しっかりと立ち、挑戦するかのように構えて、弱々しく笑った。

ケーアンは言葉を出そうともがいた。そんなはずがない。でも、頭の傾け方、肩をすくめるしぐさ、立ち方、こんな時でも、必死になって威厳を保とうとしている。

ついに、押し殺したような叫び声で、言葉が出た。

「お父さん！」

第十八章

チャンサムは戸惑い、信じられないという様子で、一歩前に出た。

「ケーアンか？　こんなことが――いったい――」

また震えの発作に襲われ、彼は息子の腕の中に倒れ込んだ。

ケーアンとジャスミンは、半ば引きずるようにして、自分たちのいるところに運び、彼を支えて火の傍に休ませた。ケーアンはお茶を一杯入れ、特別な薬草をそれに加えて父親に手渡した。

「それじゃ、お前は私を見つけ出したんだな。私が死ぬという丁度その前に」と彼は弱々しい口調で言った。

「神様が慈悲をくださった。それとも、ブライトジェイドが」

彼は腫れた瞼の奥からジャスミンを覗くように見て言った。

「もっとも彼女は、私が思い描いていたのとは違うが」

「この人はジャスミンだよ、お父さん。彼女は別の時代から来たんだ。でも彼女はブライトジェイドじゃないんだ」

チャンサムは肩をすくめた。

「どちらでも構わんよ。結局その人がお前を虎のところに導いたんだから」

「でも、お父さんはどうなんです？　何があったんですか？」

震えを止めようと努力しながら彼は説明した。

「私はリットンにいた。白人のボスが、私のキャンプの二人を解雇したんだ。なまけすぎるからだと言った。手配師が、別のところを世話してくれたんだが、二時間したらまた首になった。そのボスは二時間働いた分を払ってくれなかったんだよ。それで私たちは、ボスと他の三人を、石や、シャベルやつるはしの柄を手にもって襲ったんだ。それは間違ったことだが、私たちはすごく腹を立てていた。一人はひどいけがをした。次の夜」

彼は咳の発作に襲われて、身体を弓のように丸めた。

「次の夜」と、彼は続けた。

「白人の一団が私たちのキャンプを襲い、寝泊まりしているところに火をつけた。外に逃げ出したところをひどく殴られた」

彼は顔の傷のところに手を走らせ、触って顔をしかめた。

「私の友人は殴られて死んだ。ひどいけがをした者が多くいたが、リットンの白人の医者は私たちを治療してくれなかった。私たちはイェールから中国人の医者を呼ばなければならなかったんだ」

「その人たちが捕まるといいわ」

ジャスミンが叫ぶように言った。

「何も起こらんよ」

彼は苦々しくいった。

「私たちは首謀者がわかっていたが、彼らは立ち去ったよ。その後、私はリットンを出た。ビクトリアへ行って、中国に帰る方法を見つけなければならなかったのだ」

彼は話そうとする努力のため、疲れて、少し休んだ。

「私はだんだん弱くなっていった。私が病気だとわかったら、苦力たちが私の持ち物を奪って、私を置き去りにするんじゃないかと恐れた。だから、この川に下りてきたんだ。夢の中で、白いひすいの虎が、私の手の中で生き返るのを見たよ。どんどん大きくなっていって、しまいにその顎を開けて、私を貪り食った。一度に一部分ずつ。私は叫んで目が覚めた。汗でびっしょり濡れていた。震えながら、もうたいして生きられないとわかったんだ。今は、もうこれ以上遠くには行けないと分かったよ」

ケーアンは怒って叫ぶように言った。

「どうして、全く手紙をくれなかったのですか？　三年間、一言も無しで！」

チャンサムの目に涙が浮かんだ。

「あまりにも自分が恥ずかしかったんだ。すまなかった。私は……」

苦しそうな咳で、彼の肩がひくひくした。

「私は泥の中で虎を見つけたのだよ。もう一度埋めるべきだったが、運を変えてくれるかもしれないと考えた。幸運を運んでくれるだろうと思ったんだ」

ためらうような声で彼は言った。

「ブルースカー・ウオンについて知っているかい?」

ケーアンはうなずいた。

「僕たちの後をつけているんです。お父さんと白いひすいの虎が見つかると期待して。僕たちは彼をヘルズゲイトで引き離しました」

「ウオンは私から虎を奪った。私はそれを盗んで取り返したんだ。それからビクトリアへ逃げた……」

彼の言葉は激しい震えと再度の咳の発作で中断した。

「今は休んで、お父さん。話そうとしないで」

チャンサムは手で、追い払うしぐさをして話を続けた。声は低くなり、怒っているようなささやき声になった。

「白人たちがキャンプを襲った時、それを奪おうとしたが、それに触るたび、そいつらの指が焼けたんだ」

彼は首にかけていた革ひもをまさぐった。

「恐ろしい程の重さだったよ。どんどん重たくなっていった。私は、あまりにも長い間この呪いを持ち歩いていた。ここだ——取りなさい」

彼はケーアンに、途方もない値打ちのあるといわれるひすいを手渡した。

ジャスミンはその虎をじっと見つめた。月の光のように明るく輝いていた。筋肉の一つ一つが見事にその石に彫り込まれていた。強さ、力、そして魔力が内側から鼓動していた。まるで、今にも、その虎が命を吹き返して、躍り出てくるような気配がした。

「お前は、この虎を故郷に持って帰るんだ」

チャンサムが言った。

「予言を覚えているか？　……夢は塵になる。白いひすいの虎が再び眠りにつくまで、もとの場所に返されるまで、だんだんと休息できなくなり破壊する——」

言葉が途絶えた。また震えの発作が起きたのだ。

「私たちが、あなたをイェールまで連れて行きます」とジャスミンが言った。

「そこには医者がいます。きっと、あなたは……」

「もう遅すぎる」と彼は言った。

「神様の思し召しだ。そうでなかったら、虎の呪いのせいだ。だが、聞くんだ、息子よ。私は、幽霊のまま、ここに留まりたくない。私の墓に印をつけて、私の骨を中国の故郷に送ると約束してくれ」

「わかりました。お父さん。でも……」

「そして、虎を隠すところを見つけてくれ。呪いを恐れない奴らがいるから」

彼は震えながらお茶を飲み干した。それから前のめりに倒れ、手の中に顔を埋め、そして、ぐったりしてしまった。

彼らはテントまで彼を運び、ほつれた布のキルトをそっと身体に掛けてやった。すぐに彼は眠ってしまった。

「まだ五十歳なのに」

ケーアンが言った。

「もうこんなに老けて、全くの年寄りだ。この金の山は、僕の大事な人々を殺しているんだ」

「いつもこんな風ではないわ」とジャスミンが言った。

「私の時代には……」

「お願いだから、君の時代のことなんか言わないでくれ。今は、僕の時代に生きることだけで十分な重荷なんだ。僕はやっと父さんを見つけたっていうのに、その父が死ぬのを見なければならない。君には分からないよ」

「違うわ。私には、分かる」

彼女は夜遅くまで泣いた。母を亡くした悲しみ、ケーアンが父を失う悲しみを思って。渓谷の全ての幽霊も彼女と一緒に泣いているようだった。

幽霊たちは、チャンサムの夢をかき乱し、様々なものを見せた。泥の中に埋められていた白いひすいの虎を見せた。一つの手がそれを取り出した。チャンサムの貪欲と身勝手さと、彼が予言を無視して、そのひすいを金山に持って行ったことを見せた。彼らはまた彼の強い、恐れを知らない姿も見せた。岩の壁に穴をあけ、花崗岩の絶壁から道を切り開いたことを。アー、そうだ。彼は夢の中でため息をついた。彼らは山を動かしたのだ。しかし彼らの夢はどうなった？　彼らが夢見た金の山はどうなったのだ？

「アイ――――！」

彼は嘆き叫ぶ幽霊たちに向かって腕を伸ばした。

「お前を覚えているぞ……転がってくる丸太につぶされて死んだ。そして、お前は……溺れたのだったな、造りかけの橋から落ちて。そしてお前——お前は誰だ？　首のないお前は？」

彼は恐怖の叫び声を上げた。

ケーアンは父親の傍に駆け寄った。

「お父さん、起きて。ただの夢だよ」

「いや」

彼は喘いで言った。

「夢じゃない。私たちは、ちゃんとした警告を受けていなかった。私の仲間は……爆破で頭を吹き飛ばされたんだ」

彼は絶望で、すすり泣いた。

「この幽霊たちは、正しく埋葬されるまでは、安らげないのだ。だが、いったいどうやって骨を見つけるんだ？」

彼はケーアンの腕をつかんだ。

「お前は中国の万里の長城を覚えているか？　そして、ブライトジェイドの皇帝の墓を？」

「ハイ、でも——」

「一つ、一つ石を積んで、私たちはあの偉大な壁を築き、そして誰かの夢のために死んだのだ。くる年もくる年も地面深く掘り、皇帝のための王国を造り、その夢のために死んでいった。そしてこの鉄道！　この外国の土地で、私たちは、他の誰かの夢のために背中と心を壊しているんだ。だが私たちの夢はどうなる？　お前の夢はどうなんだ？」

スカッジー川畔にいたその夜は、幽霊たちがケーアンの夢をかき混ぜることはなかった。彼は、苦力の服を着た女の子の夢を見た。彼女は川の上をすいすいと進み、彼女の長い黒い髪が羽根のようにやわらかく竹の枝状に後ろにたなびいていた。彼が見ていると、彼女はロープを外し川の中に突進した。彼は必死になって彼女が上がってくるのを待った。けれど彼女が姿を現した時は川からではなかった。

彼女はファンタンアレイから歩いてきた。明るい顔で笑いながら。彼は、彼女が、自分の知らない通りを通り、花をつけた桜が並び、色々な匂いや音がする舗装された道を行くのについて行った。道の突き当たりに、金色の、素晴らしい門があった。光沢のある煉瓦でできていて、三つの屋根があり、隅のところが優雅にカーブしていた。鮮やかな色で塗られたパネルは太陽の光に輝いていた。――フェニックス、ドラゴン、緑の大地と青い空、陰と陽。

女の子は門を通り、反対側へと歩いて行った。一度通り越して行ってしまったら、彼はもう二度とその女の子に会えないだろうと分かっていた。絶望的に彼女の名前を呼んだ。

「ジャスミン、待って！　行かないで！」

けれど、彼女は彼の声が聞こえなかった。彼女には彼が見えなかった。彼は幽霊になっていたのだ。

ジャスミンの夢では、父親から小包が届いた。開けると、サテンのスリッパが一足入っていた。青、白、金色の絹糸で、虎が刺繍されていた。ところが、彼女がそれを履くと、虎は吼えて、生きた虎になり、スリッパから飛び出て、消えてしまった。

彼女は目が覚めて、ファンタンアレイに戻ったんだと思った。結局、ケーアンの父親と白いひすいの虎は見つかったのだから。でも、そうではなくって、目を開けるとフレイザー渓谷の上に明るい太陽の光がさしていた。彼女の傍を水がしぶきを上げて流れ、下の方に落ちていた。地面は霜できらきらしていた。

彼女は身震いして、キルトを身体にしっかり巻き付けた。構脚のはるか端から、苦力のハンマーやつるはしの音が聞こえた。そして、ハンノキの茂ったあたりから別の音がした。立ち上がると、ケーアンが新しく掘られた墓の上に岩を積み上げているのが見えた。彼の顔はもう流れていない涙の跡で張りつめていた。彼女は彼の手を握り、黙って彼の傍に立った。何も言う言葉がなかった。

「僕はビクトリアへ行って仕事を探すんだ」

道に出るため斜面を登りながら、ケーアンが言った。

「多分、召使いの仕事を。それか、木こりとか野菜売りとか」

「蒸気船で出会った商人を忘れちゃだめよ」

「そうだった。ラム・フー・チョイ。すっかり忘れていた」

彼はしばらく黙っていた。

「君は自分の時代に戻るんだね」

「そうだと思うわ」

彼女はそのことを考えることに困惑していた。どうやったらそうなるのだろう？

最後の時は、ブライトジェイドが夢に現れ、ともかく、彼女の後をつけると、ファンタンアレイで目が覚めたのだ。おそらく、戻るためには眠りに入る必要があるのかもしれない。たぶん、チャイナタウンにいなければならないのかもしれない。

彼らは、イェールまで行って、ビクトリアへ戻る蒸気船に乗ろうと、急いで歩いた。ジャスミンは、ケーアンが虎に触っているのをたびたび目にした。まだそこにあることを確かめているように。

「どこに隠すの？」と彼女が言った。

「ドラゴンメーカーに、彼のドラゴンの中の一つに隠してもらうように頼むんだ」

「前みたいにブルースカー・ウオンが、そこを捜さないかしら？」

「父は、僕が見つける前に亡くなったって言うよ。リットンのどこかに、虎と一緒に埋葬されたってね」

ジャスミンは、何故か分からないけれど、そんなに簡単にはいかないだろうと思った。ヘルズゲイトを通過した時、太陽の最後の光が川に沈んでいった。けれど、また一つトンネルの口が前方に姿を現した。ジャスミンは身震いした。日中でもトンネルは十分恐ろしいが、暗くなってからはなおさらだった。

「ここでキャンプしましょうよ」と彼女が言った。

「何か食べたいわ」

彼らは、軽やかに無言で忙しく動いた。火をおこし、食事の用意をした。ふと、彼女はこうしたことがうまくやれるようになったものだと思った。一緒にいるわずかの間に、二人は決まったことを分担してやるようになったのだ。そのことを考えて、笑顔になった。

「ねえ、これがこの渓谷での最後の食事になるかもしれないわね」と彼女は言った。話していて、何かが彼女の内側で変化した。突然の悲しみ、後悔の思い、それらが余りにも強かったので、彼女は驚いた。そして気が付いた。彼女は、彼と離れたくないのだということを。戻りたくなかった。でも……彼の柔らかい、切羽詰まった声が、彼女の考えを押しやった。

「何か聞こえないかい？」

彼女は緊張して耳を傾けた。水の低いブクブクする音、ピューという水の流れ、火のパチパチする音。彼女は首を振りお茶をお代わりしようと手を伸ばした。ケーアンが手を伸ばして、それを止めた。

「聞いて！」

彼は火の向こうの暗闇に目を凝らした。

荒地の夜にカサカサと木の葉の音がした。歩いている足音だ。

「誰かが来るわ」

ジャスミンがささやいた。ゾクッとする恐怖が背骨をなでた。鋼鉄の光がチラッと見えた。そしてその足音が誰なのか分かった。

第十九章

その姿が火の中に現れると、ジャスミンは胃に吐き気を感じた。彼女は硬いものを呑み込むようにして言った。

「ブルースカー・ウオンだわ」

声が震えないように懸命に努力して言った。

「夜の虎がこわいの？」

彼の手の中のナイフが彼女の目に光った。

ブルースカー・ウオンは、痩せた手で刃をグッと突き出した。その顔はねじれ、グロテスクで、まるでドロドロの糊で作られたくしゃくしゃの仮面だった。彼はぞっとするような笑いを浮かべ、顔の傷が焚火の火で青い液体のように閃いた。

「虎だって？」とあざけるように言った。

「お前たちを追ってきたのは、虎が怖いからじゃない。俺の物を取り返しに来たんだ。白いひすいを渡すんだ」

「僕は持っていない」

ケーアンが言った。

ブルースカーは、不愉快そうに横目でジロッと見た。

「お前の父親がお前に手渡すのを見たんだ。言葉も聞いたぞ。俺は白いひすいの虎の呪いなんか知ったことじゃない。そんなことはどうでもいいのよ。大事なのは、そいつの値打ちなのさ。それを売れば、俺は大金持ちになれるんだ。それにお前の親父は、俺からそれを盗んだんだ。だから、それを返せと言っているんだ」

「僕のお父さんの物だったんだ」

ケーアンは激しい口調で言った。

「執行吏がそれを取り上げて、売る権利なんてなかったんだ。お前が嘘をつかなかったら、とっくの昔に父さんに返されていたんだ」

「俺がお前の手からそれを持ち去ってやったら、お前は幸せになるんだぞ」とブルースカー・ウオンが言った。

「その白いひすいの虎はお前の家族に悲しみしかもたらさん。今まで何人死んだ？姉妹三人、お前の弟、父親、それに一族の者たちもだ。俺がそいつをもらえば、お前はずっと長く生きていられるというわけだ」

「そんな風にはいかないわ」

ジャスミンは鋭い調子で言った。

「誰が持とうとケーアンの家族は困難にあうのよ。虎がブライトジェイドの墓に返されるまでは」

「白いひすいの虎のことを、そんなに知っているお前は、どこの誰なんだ？」

彼に言い返され、その言葉が一撃のように彼女を撃った。

「この哀れな苦力め。俺のギャンブル部屋でうずくまっていたな、必死で小道を走っていっただろう。だが、まてよ。お前は見かけとは違うのかもしれん。お前は誰なんだ？　お前の目的はなんだ」

彼は、彼女の目を射抜くように見た。

ジャスミンは黙ったままでいた。恐怖でお腹が痛み、耳元でバクバクする心臓の音がした。けれど、彼女は瞬きもしないで、彼女を睨むブルースカー・ウオンから目を逸らさなかった。

「バー！」と彼は唾を吐いた。

「お前はいらん話を聞きすぎた。昔の言い伝えを聞きすぎたんだ。忘れるんだな。お前は、今は、ここにいるんだ。お前ら二人共だ。お前は中国には帰らんさ。ところが、この俺はひすいを売って、その金をもって帰るんだ」

彼の声は不機嫌な、激しい調子になった。

「そいつを俺によこすんだ」

「僕は中国に帰ります」

ケーアンは言い返した。

「そして僕が帰る時には、虎も、僕と一緒です」

彼は火の方へ手を伸ばした。チラッとジャスミンを見て、ブルースカーから火の方へ目を走らせた。それから、もう一度視線を戻した。

「今だ！」とその目が言った。

「お前は、無知で、役立たずの小僧だ」とケーアンにナイフを突きつけて、ブルースカー・ウオンが吼えるように言った。

「お前が虎を渡さんと言うなら……」

彼は最後まで言うことができなかった。

とっさの動作でケーアンがお茶のやかんを持ち上げ、真っ直ぐ彼に投げつけた。やかんは頭の片側に当たり、焼けるような熱いお湯が顔の上に流れた。

「アイ――！」と彼は叫び声をあげた。何度も、何度も。

ケーアンとジャスミンはトンネルの方に走った。

「殺してやる！」

ブルースカー・ウオンが怒り狂って二人の後を追っていく時、その言葉が渓谷中に響いた。

「走れ、ジャスミン、走るんだ！」

ケーアンが叫んだ。

心の奥深くで、別の声が彼女を促した。夢の中の声だった。前より大きく、はっきりしていた。

「ジャスミン、走るのよ。振り返ってはダメ」

彼女はその足に虎のスリッパを履いている感じがした。虎が目覚めて、目の回るような速さで、彼女を走らせているのを感じた。

虎に勇気づけられ、彼女は夜の闇の中を飛ぶように走った。線路沿いを行きながら心臓がドキドキ鼓動を打っているのが聞こえた。すぐ後ろにケーアンの気配がした。

ブルースカー・ウオンが、彼らの後ろで、激しい息遣いをしながら近づいてくるのが聞こえた。少しずつ……。

後ろを見てはダメ！　遅すぎた。肩越しにチラッと見ると、空中に鋼鉄が閃くのが見え、叫び声を聞いた。彼女は膝が曲がり、レールに投げつけられ、木のつなぎに頭が打ちつけられるのを感じた。それから全てが真っ暗だった。

目を開けると、空がなかった。星も、月もなかった。暗闇だけが、彼女の上に、重くのしかかっていた。パニックが起き、よじれた瘤のようなものが彼女の胃を圧迫し、喉を絞め付けたので、息を吸うこともできなかった。生きたまま埋められてしまったのだろうか？　いや、顔に雨が降りかかっていた。いや雨じゃない。水が天井から落ちてきていた。岩の壁から浸みだして。彼女はトンネルの中にいたのだ。

さあ、立ち上がるのよ。彼女はよろめきながら、取っ組み合う音と、声のする方へ行った。

「どこなんだ？」

ブルースカー・ウオンが、ケーアンをトンネルの壁に押し付けていた。ナイフの先を彼の喉に突きつけて。

「やめろ」

ケーアンが喘いだ。ブルースカーは、ナイフを更に深く刺した。

「僕の……袋」

ブルースカーは彼の顔を張り倒した。

「お前の袋はズタズタにして調べたんだ。そこにないことは知っているだろ。さあ、どこにあるんだ？」

ナイフが皮膚を裂いた。ケーアンは何か温かいものが首を流れるのを感じた。血だった。身震いをして、彼は目を閉じ、彼の父親とすべての先祖に、自分を許してくださいと心の中で祈った。ブライトジェイドの姿が心の中を一瞬よぎったが、ブルースカーが再び彼を殴ると、その姿は消えてしまった。息をしようと喘ぎながら彼は途切れ、途切れ、言葉をだした。

「ぼくの……」

「ダメよ!」

ジャスミンの動きが余りにも突然だったので、ブルースカーは、何が自分を殴ったのか分からなかった。彼に見えたのは、トンネルの暗闇から躍り出たぼんやりした姿だけで、それは彼を地面に叩きのめした。それは、彼の上にのしかかり腕を上げ足を曲げ、襲おうと身構えた。彼が立ち上がろうとすると、喉をけり、地面に叩きつけた。もう一度蹴られると感じて、彼は足をつかみ、ものすごい勢いでひねった。

ブルースカーが彼女の喉を摑もうとした時、ジャスミンは悲鳴を上げ、線路の上に倒れた。

「邪魔をするなといっただろう!」

彼は叫んだ。彼女は必死に息をしようとして、彼の火傷した顔に爪を立て、痛みで吠えまわって、彼女を離すまでやめなかった。

「ジャスミン、走るんだ！」

かすかに、ケーアンの声が聞こえた。彼女は、ブルースカーから転がるように離れ、よろめきながら立ち上がると、一つの考えに気づいた。――トンネルから出るのだ。でも、ケーアンは？　彼女は、彼を置いては行けなかった。彼がもう一度叫んだ。その声は、パニックで金切り声になっていた。

「汽車だ！」

湧き上がる恐怖と共に、彼女はそれを感じた。ゴウゴウと轟く音、線路の振動。どのくらい離れているのかしら？　ヘッドライトからの光線は、ぼんやりしていたが、だんだんはっきりと、明るくなっていった。目の縁から、ケーアンが必死になって自分のジャケットを探っているのが見えた。

「そんなのほっておいて」

彼女は叫んだ。

「走って！」

動こうとした時、ヘッドライトの光が彼女を釘付けにし、虎の目のように彼女を刺し貫いた。彼女は凍り付いた。汽笛が聞こえ、白い蒸気が噴き出ているのが見えた。

ブルースカーが彼女の方に突進してきた。彼女は片側に飛び、ありったけの力で、彼に体当たりした。バランスを崩させ、線路に押した。そして自分は壁にぴったりと身を寄せた。白い形をしたものが、唸り声をあげてトンネルの中を行き、だんだん大きくなり、やがて、暗闇を食い尽くした。獰猛な恐ろしい姿だった。

ようやく雷のような轟きが止み、地面が揺れるのが止まった。遠くで、最後の別れを告げているような、悲しそうな汽笛の音がした。彼女は自分の傍に動くものを感じて、手を伸ばし、ケーアンの手を握った。恐怖で、声も出ないで、二人は線路の中央にあるずたずたになった塊を見つめた。

「汽車だ」

ケーアンは喘ぐように言った。

「汽車の通る道に落ち込んだんだ」

ジャスミンは息遣いを鎮めようと浅い呼吸をした。

「ううん、私が押したの。つまり、私……他に何かいたのよ。あなたは見なかった？白い形をしていて、汽車が来る直前に……」

彼女の足は痛み、胸も痛かった。頭は今にも爆発しそうだった。ここから逃れて、このトンネルから抜け出すことさえできたらと彼女は考えた。彼女は線路にあるものへの恐怖で震えながら地面にくずおれた。日が当たるところに出られれば、……彼女は腕の中に顔を埋めた。太陽が出るまでには、まだ時間があった。

眠りに入っていきながら、彼女はケーアンの、驚いて唖然とした叫び声と言葉を聞いたように思った。「虎がない！」という言葉を。


眠りは心地よかった。長い間、暗闇は締め出され、彼女を悩ます夢も見なかった。けれど、少しずつ、意識が戻ってきた。彼女は震えながら、キルトに手を伸ばした。が、キルトはなかった。捜そうと目を開けると、驚いたことに、トンネルの中に明かりが見え、ロウソクの炎のように、ゆらゆら揺れて、彼女を招いていた。彼女は起き上がり、そっとその方に進むと、それは近づくにつれてだんだん小さくなっていき、全ての輝きが、一つの形に収束された――ブルースカー・ウオンの残骸の傍の、線路の中央に置かれた白いひすいの虎に。身震いをしながら、彼女はその虎を拾い、ケーアンの方に忍び寄った。彼女はそれを彼の開いている手の中に置いた。彼が眠ったままため息をついたのを見て、ニッコリし、それを握らせたまま、その手を閉じた。

トンネルの端のところで、もう一つ、微かに光るものがあった。彼女はそちらの方に引き寄せられるように向かった。暗闇にも気づかず、線路の上を歩く自分の足取りも気に留めなかった。その光はだんだん明るくなり、色を変え、より強く輝いていた。

彼女がトンネルから一歩足を踏み出すと、それは見覚えのある形に変わった。暖かくて歓迎してくれている様子の。それは、ブライトジェイドのように明るかった。

その霊は線路から浮かび上がり、斜面を下り、川の方に向かった。

「待って！」とジャスミンが叫んだ。

「ついて行けないわ」

その霊は彼女を振り返り、彼女の母の顔で微笑んだ。そして母の声で囁いた。

「まだその時は来ていないわ、ドラゴンのお嬢さん」

ジャスミンは必死になって斜面を這うように下りた。

「止まって！」

彼女は腕を伸ばし、飛んでいく姿を掴もうとした。突然、彼女はつまずき、彼女の怪我をしていた足が下で曲がった。次の瞬間、彼女ははぐれ石に足を乗せ、滑り落ちた。どんどん、はるか下の川の方へ。

第二十章

「ああ、痛い」

ジャスミンは呻いた。頭の中から目の奥まで、身体の中のあらゆる神経に沿って、ズキズキする痛みがあった。全ての筋肉が痛んだ。ゆっくりと、ためらうように、彼女は、手や腕を伸ばし、何も折れていないか確かめようとした。

「大丈夫?」と聞く声がした。

目を上げると、心配そうな顔をしている若い中国人の女の人がいた。

「ガタガタという大きな音を聞いたのよ。あなたは、きっと梯子から落ちたのね」

梯子ですって?　いや、彼女は、川の土手から落ちたのだった。でも……それは正しくない。どこに川があるのだ?　当惑して、彼女はあたりを見回した。階段、建物の裏、セメントの歩道。現代の服装をした人々。車両の音、開いている窓から聞こえるラジオの響き。チャイナタウンに戻ってきたのだろうか?　ここはファンタンアレイの外の中庭なのだろうか、ドラゴンメーカーが住んでいた?　そんなはずはなかった。

そして、とても寒かった。喉の奥を刺す、冷たい、まもなく雪が降ってくるという寒さだった。こんなに寒いなんてことがあるだろうか、ここは——ちょっと待って。九月ではなかったのだ。彼女は戻ってきて、二月になっていた。

ケーアンはどこにいるのだろう？　彼女は、トンネルの中で寝ているケーアンを置いてきたのだ。まだそこにいるのだろうか？

「戻らなくちゃ」

彼女はつぶやいた。

「どうしても……」

「ご存じだと思いますけど、ここでは戻れませんよ」

その女の人が言った。

「通りの通路の向こうに門があります」

「知ってます」

ジャスミンが答えた。

「ヘルズゲイトですね」

その女の人は、面食らった顔つきをした。「あなた、本当に大丈夫ですか？　さあ、手を貸しますよ」

ジャスミンは、彼女の腕をつかみ、ふらふらしながら立ち上がった。彼女は少し歩いて、めまいと闘い、懸命にしっかりしようとした。

「ほら、ファンタンアレイです」

門につくと、その女の人が言った。

「フィスガード通りは左ですよ。本当に大丈夫ですか？　誰か、電話で呼んであげましょうか？」

「ありがとう」

彼女は深い息をした。

「私は…私は大丈夫です」

声が頭の中で渦巻いていた。これで終わりということ？　ケーアンのことは？　難局を逃れたことはどうなの？　突然、リュックサックを思い出した。それをドラゴンメーカーのところに置いてきたのだ。人目につかないようにするために……。

「ドラゴンメーカーのことを知っていますか？」

彼女は唐突に聞いた。

「自分の作ったドラゴンの中に、ものを隠す老人です」

その女の人は、驚いて、笑顔で言った。

「私の祖父母がよくその話をしてくれたわ！」

「そのドラゴンの一つを見つけたんです」

ジャスミンは興奮したように言った。

「そして、私、ドラゴンメーカーに会いました。知っていますか……」

「ただのお話ですよ」と、その女の人が言った。

門を開けると、彼女はジャスミンの肩を叩き、言った。

「家にお帰りなさい。ドラゴンのことは置いておいて、休むんですよ」

知らないうちに、彼女の足はフィスガード通りを下り、商店街を通り、ジョンソンストリート橋に来た。そこはあまりにもケバケバ、ギラギラしていて、車の行きかう騒音や、人々のざわめきがあった。信号の青、赤、黄の色が鮮やかに点滅していて、文字がフラッシュした。Walk, Don't Walk, Run. 彼女の心臓はドキドキし、膝が震えた。止まれ。進め。トンネルはない。川はない。虎もいない。歩みがノロノロとしたものになった。この見慣れない新しい世界に戸惑って。でも、これはあなたの世界よ、と、彼女は自分に言い聞かせた。そして、これがあなたの時代なのよ。でも、まだ彼女はつながることができなかった。

好奇の眼差しが彼女の後を追ってきて、彼女自身がそう感じている外国人、というレッテルを貼った。それらを払い落とそうとしたけれど、疎外されているという感じは、着慣れたジャケットのように、ぴったりと彼女にくっついていた。彼女は、橋のところで立ち止まり、港を見渡し、埠頭や蒸気船が見えないかと目をやった。ケーアンが見えないだろうかと思った……が、魔法は消えてしまっていて、港は元のままだった。

彼女の頭の中の声が、ぶんぶん唸り続けた。多分、もし戻るなら。もし、あの終わりのない店に戻り、もう一度あのドアを通れば。引き返して、戻るのよ。今！　けれど、彼女の足は、その声を打ち負かした。気が付いたら、彼女は叔母の家に着いていた。そして、引き返すにはもう遅すぎたのだった。

「ジャスミン」

バルが大きな声で言った。

「もう戻ったの？　一時間やそこらは、帰らないと思ったわ。お茶は買ってきた？　今、ここでお茶にしましょう」

ジャスミンはキッチンの椅子に倒れ込んだ。お茶？　彼女は腕時計をチラッと見た。それから、その時計を、他の全てのものと一緒に、ドラゴンメーカーのところに置いてきてしまったことを思い出した。キッチンの時計では、十時十五分だった。家まで歩いて約十分くらいで、その店に入ったのが、ちょうど十時だった。だから、ケーアンといた時間のすべてと、渓谷にいた時間のすべては、……存在しなかったのだ。

　バルは腰を下ろして、姪の顔をじっと見守った。

「気分が悪いんじゃない？　何か大変なことを経験してきたような顔をしてるわね。服はどうしたの？　あなたの顔——怪我でもしてるんじゃないでしょうね？」

　もう耐えられなかった。ジャスミンはうつむき、すすり泣いた。

「私、何もかも、忘れちゃったー。お茶も、ハガキも、それに、ドラゴンや古いお金もドラゴンメーカーのところに置いてきたし、……それにケーアンがビクトリアへ戻ったのかどうか分からないし、もし、彼が……」

「何があったか、話してみて」

　バルが彼女を抱きしめながら言った。

「やかんを火にかけてくるわ」

　あっという間に時が経った。質問したり、答えたり、涙を流したりした。時が経つにつれて、——というか本当に時が過ぎていたのだろうかとジャスミンは時計を見て不思議に思った。ほら、ここでは、時が過ぎていっている。でも、どこか他のところでは、他の時代では、そうじゃないのだ。全く時が止まっていたのだ。時が経つにつれて彼女は、心が前より軽くなり、話しているうちにほっとした気持ちになった。まるで、肩から竹のポールを下ろしたみたいに。

「全ては、ブライトジェイドから始まったんでしょう？」

ジャスミンは、驚いて叔母を見つめた。一体どうして知っていたのだろう？

「あなたのお母さんが、よくブライトジェイドの夢のことを話したからよ」と、バルが説明した。

「そして白いひすいの虎のこともね。一晩中、寝かしてくれない事もあったわ。そのことを話して、心の中から、追い出してしまいたかったのね。それにひどい悪夢も見たのよ」

「いつ――つまり、それは長く続いたの？」

「私たちの母が亡くなったすぐ後に始まったの。そしてすごく突然、終わったのよ。ちょうど、ヘザーが苦力の服を引き裂いた頃ね、ほら、あなたが着ている服よ。彼女は、二度と夢の話をしなかったわ」

バルはちょっとニヤッとして言った。

「私は、ヘザーがとってもうらやましかったわ。どうして私は夢を見ないの？　て、ずっと思っていたわ。それらは何かのメッセージだと思ったの。それで、チャイナタウンに行き続けて、答えを見つけようとしたのよ。ヘザーは、私は頭がおかしくなったんだと思ったわ」

「母は、チャイナタウンに行くのが好きじゃなかったの？」

バルは首を振った。

「だから、その夢にすごく悩んだのよ。彼女は、私たちの両親と似ていたわ。私たちの中国人としてのつながりのことも知りたいとは思わなかった。私たちの祖父母たちは、そのことから距離を置いていて、私たちの両親もそのことを思い出したくなかったのよ。あなたのお母さんも同じ気持ちだったわ」

「どういう意味なの？　中国人とのつながりって、何？」

バルの目が大きく開いた。

「知らないの？　ヘザーはあなたに何にも話さなかったの？　あなたの曽祖父は、中国人なのよ！」

精霊が夢から紡いだのだ、蛍のように、一つの光が揺らめき、続いて、次の光が生まれる。一番近くて、一番光っているのが彼女の母親だった。一番遠くにある絹のようにサラサラと柔らかい光が、ブライトジェイドだった。

ジャスミンは目が覚めて、ランプをつけ、鏡に映る自分の顔をじっと眺めた。

彼女は中国人のようには見えなかった。けれど、苦力の服を着ると、白人には見えなかった。でも、そのどちらもが彼女だった。ドラゴンメーカーは知っていたのだ。そして、彼女は一部では、そのことを知っていたに違いなかった。そうでなければ、そんなにぴったりとはまったりするだろうか？　もう半分の彼女がなければ、どうやって魔法が働いたというのだろう。そして、どうして、彼女の母はそのことを秘密にしていたんだろう？

「その当時のスキャンダルを想像してごらんなさい」とバルが言った。

「中国人の男が白人の女と結婚しただなんて！　男の人の家族は、女の人の家族同様、激怒したと思うわ。二人はきっととても勇敢だったか、とても愛し合っていたに違いないわ。それを貫くにはね。そして当時中国人はひどい扱いを受けていたし、多分、だから自分の子供達には忘れてほしかったのよ」

「どうして、母は、私に話さなかったのかしら？」

「それが重要なことだとは考えなかったのかもしれないわね。多くの人は、現在のことを中心に考え、過去についてあまり考えないのよ」

「だから、あなたの両親はあなたがチャイナタウンに行くことが気に入らなかったの？」

「そのままにしておくのが一番だと思ったのよ。そして、過去には一切、首を突っ込まないのがね」

ジャスミンは、窓下の腰掛に背中を丸めて、町の灯を眺めた。彼女はケーアンのことを考えた。そんなにも昔にやってきたのだ。そんなに若い時に。たった一人で。そして渓谷中にチラチラしていたキャンプの火のように、入ってきた人、出ていった人、そうした人たち全ての命のことを。彼はちゃんと家に帰り着いたのだろうか？

彼女は、彼に会いたくてたまらなかった。彼にこう言いたいのだ。ねえ、聞いて！　私、先祖のことが少し分かったのよ。私の曽祖父は中国人だったの。彼は、私が過去を旅して、彼の国の言葉を話したことを知ってると思う？　彼は私のことを誇りに思うかしら？

二、三日して、小包が届いた。

「スリッパだわ！」

茶色の包み紙を破きながら、ジャスミンが叫んだ。

「私、夢で見たの」

確かに、虎の頭が刺繍されたスリッパが入っていた。中に手紙が入っていた。

「ジャスミン、本当に、君とラザニアが恋しいよ――その順番でね。実は、食べ物は、

おいしくて、鍋料理の技を覚えつつあるんだ。君が来たら食べさせてあげるよ」

ジャスミンは呻いた。

「まあ――嫌だわ。お父さんたら、また夢中になっているのね」

「四月に一週間の休暇があるから、こちらに来て見て回らないかい。同僚の一人が、広東――南部の地域だ――にいる親せきを訪ねるという話をして、一緒に行かないかというんだ。どうだい？　ＣＰＲで働いていた中国人の大抵は、中国のその地方の出身なんだ」

「お父さんは、私たちの中国人とのつながりを知っているの？」とジャスミンが聞いた。

「そうは思わなかったけど」とバルが言った。

「でも、私の間違いかもしれない。広東が曽祖父の出身地だっていうのは知っているわ」

「君の四月の航空券を予約しておいた。君は気に入ると――すまん――言い換えるよ……君は、きっと、面白い時を過ごせると思うよ」

「私、何かを気に入るよって、お父さんに言われるのが嫌なの」とジャスミンが説明した。

「ここに泊まるのがきっと気に入るよ、って言われた時みたいに。すごく腹が立ったわ」

「そんなに気に入らない？」

「いいえ」と彼女は言った。

「すごく気に入ってる！」

「スリッパについてだが、中国人は、虎が百獣の王だって信じているんだ。ライオンじゃなくて。虎は、ドラゴンと同様に大切なんだ。青いドラゴンは東を、白い虎は西を治めていると言われているそうだ。悪魔たちは虎を恐れると言われていて、悪霊を追い払うために家や寺院の壁に虎が描かれ、同じ理由で、子供たちの靴に刺繍されたんだ。多分、お前なら、虎の助けがなくても、悪霊を追い払ってしまうと思うがね。それでも君はスリッパを気に入ってくれると思う。覚えておくんだよ。最も長い道のりも、たったの一歩から始まるってことを。虎の靴を履いていても、そうでなくてもね。来月会うのを楽しみにしている。今度は、もっと長い、知恵のある言葉やなんかがいっぱい入った手紙を送るからね。愛してるよ、父より。

追伸。虎は千年生きるんだそうだ。五百歳になったら白い色に変わるんだ。爪は、パワーがあって、幸運のお守りなんだそうだ。万一、出会うことがあればね。だから、そのことを心に留めておくんだ。いいね？　じゃ、さようなら」

あっという間もなく、四月だった。

「本当に中国へ行くの？　月曜日に？　私たちが学校でひどい目にあっている時に？　まったく、あなたはラッキーね！」

「ええ、そうよ！」とジャスミンが言った。

彼女は、先生やクラスの友人たちに囲まれて、バルを待っていた。彼女のカバンにはカードや、みんなの住所が書いてある紙切れが詰まっていた。そして、心の中には色々な指示が一杯詰め込まれていた。

「大丈夫よ。万里の長城や、テラコッタの兵士やドラゴンの絵ハガキを送るわ。田んぼやドラゴンの写真を持って帰るわよ。クリスタは、自転車のベルが欲しいんだったわね。そして——」

「そして、私はひすいの彫り物がいいわ」とバトラー先生が言った。

「夢でも見てて！」

ジャスミンはニヤッと笑った。

「いつ帰るの！」とクリスタが聞いた。

「夏休みに間に合うくらいにね。イチゴには遅すぎるけど、私たち、去年のように、庭に植えるのよ。いいわね？」

「いいわよ！　パゴダもいっしょにね、よければ、どう？」

ジャスミンは笑った。

「もちろん、いいわよ！　あー、叔母が来たわ。行かなくちゃ」

「私たちのこと忘れないでね。太極拳を続けてね。さような……」

そして、彼女はそこを去った。

土曜日の朝だ。全て用意ができていた。荷造り、点検、再点検をした。することは何もなく、後は待つだけだった。ただ、一つだけ、することがあった。彼女は戻らなくてはならなかった。もう一度だけ。

彼女は苦力の服をクローゼットから取り出し、それを着た。髪の毛を長い一本の3つ編みにして、頭に帽子をかぶった。

バルは、心配そうな顔をした。

「明らかにチャイナタウンに行こうとしているわね。本当にいい考えだと思うの？」

ジャスミンはうなずいた。

「その時になったら、帰ってくるわ」

第二十一章

期待しすぎてはだめよ、急いで橋を渡りながら、彼女は自分に言い聞かせた。うまくいかないかもしれない。覚えてるでしょう？　鍵はドラゴンか、あのコインにあるのよ。でもそのどちらも持っていない。だから期待しすぎてはだめ。

それでも、彼女はうまくいくだろうという確信に燃えて、飛ぶように歩いていった。なぜなら、そうでなければならなかった。そんなにたくさんのピースが失われたままで、終わるはずがなかったから。

終わりのない部屋の中に入って、つながっている部屋を通り、裏に出た。そこまでは全てが同じだった。

「こちらへ出てもいいですか？」

彼女は、NO EXITのサインのあるドアを指さして聞いた。

「どうぞ」と店員は答えた。

そのドアから――別の時代のファンタンアレイに出るはずだわ。うまく出られた！それだけではなくて、運のよいことに、中国の正月のお祝いの真っただ中に出たのだった。ガンガンという音や大勢の騒音は疑いの余地がなかった。シンバルのジャンジャン鳴る音。ドラムをたたく音、人々の興奮した叫び声、花火のパンパンはぜる音が聞こえた。彼女の胃は興奮で震え、喜びで自分を抱きしめた。中国のお正月だ！

縁起がいいわ。彼はここにいるに違いなかった。

　フィスガード通りは光と色で輝いていた。あらゆる電柱から紙の提灯がぶら下がっていて、店は桃のスプレーや、幸運を呼ぶ言葉が書かれた赤い紙で飾られていた。長い紐のついた花火がパチパチし、落ちてきて浮かんでいる、花びらのような赤い紙で地面が明るかった。通りは人々で混雑していた。サテンのガウンを着た裕福な商人たちが、店から店へ、ゆったり歩いていた。普通の労働者は、お辞儀をしたり、握手したりしてお互いに挨拶を交わしていた。中国人の女性たちが、にぎやかに通っていった。子供たちは、年上の人たちからもらうライシーの封筒を必死につかもうと、小走りに通り過ぎた。チャイナタウンは笑顔で輝いていた。

　そして白人の人たち！　ジャスミンは、この場所の、この時刻に、そんなに大勢の人がいるのを見たことがなかった。彼女は、新しい建物にも気づいた。三階建ての頂上と前面に沿ってきれいな煉瓦が使ってあった。アーチ型の窓や玄関には鉄製のバルコニーがついていて、繁栄、長寿、幸運を示す掛物が飾られていた。

　彼女は深く息を吸って、開け放たれた戸から香ってくる匂いを嗅いだ。木の実、ペースト、フルーツ、お正月のために取っておかれたごちそうの香りだ。火のついている線香からひとかたまりの煙が立ち昇り、じゃ香や白檀の香りがあたりに満ちていた。もう一度深く息を吸って、彼女はニッコリし考えた。ここに戻って、ここにいるのは、何て素敵だろう。

人ごみの中をかき分け、一つのあの懐かしい顔を探していると、窓のライシーの封筒の飾りに目が留まった。立ち止まってよく見ると、それぞれの封筒には、金色の虎の姿が印刷されていた。虎の年ですって！　だからなのね——何ですって？　彼女は中国の十二支は十二年のサイクルだと知っていた。ケーアンは寅年生まれの十六歳だった。寅年が一つ終わって、今は次の寅年だとすると、彼は……。

彼女は突然寒気を感じ、奇妙な具合にバランスをなくした。まるで彼女の中の何かがシフトしたようだった。そんなはずがないわ。けれど間違いなく虎だったのだ。でも、ケーアンは二十四歳なの？　大人なの？　じゃ、今年は——彼女は急いで計算した——一八九〇年ですって？　ありえないわ！

「失礼ですが」

彼女は商人に近づいて、言った。

「聞きたいのですがー」

彼はチラッとも見ないで歩いて行ってしまった。

「すいません」

彼女はもう一度試した。そしてもう一度。そして、誰も彼女が目に入らないという恐ろしいことに気づいた。彼女は、見えない外国人になっていたのだ。

彼女は建物に寄りかかった。三つ編みを引っ張りながら、内心の声に耳を傾けた……がっかりしないで。捜し続けるのよ。きっと彼が分かるわ。もし、彼がここにいたら……別の声が割り込んだ。もし、中国に帰って、ここにいなかったら――。

でも彼はここにいるはずだ。多分この同じ通りで、みんなのように獅子の踊りを待っているはずだわ。

でも、彼は、今はすごく年を取っているんだわ。私のことを覚えていないかもしれない。たとえ私が彼を見ても、それは、多分……。

そんなことどうでもいいわ！　歓声があがり、獅子の踊りが始まりそうな様子が聞こえると、彼女は自分の声を締め出した。

獅子踊りは二人組で、一人は前に、一人は後ろにいて、間に波のように揺れる絹の布が覆ってあった。獅子を先導するのは僧侶で、顔は、泥の粘土のギラギラするお面で隠されていた。楽隊がドラムをたたき、ゴングや、シンバルを鳴らす中を、彼はそのしなやかな形で、まわりを飛んで、獅子を扇動した。獅子は荒々しいアクロバティックな動きで、巨大な頭を打ち振り、目を光らせ、足をけり、跳ね、飛び上がり、人々の中に飛び込み、それからまた戻って、僧侶に向かって飛び跳ねた。

突然の衝動に突き動かされて、ジャスミンは、道の真ん中に出ていって、獅子と一緒に踊り始めた。いいじゃない！　彼女は考えた。誰も彼女が見えないのだ。踊り手の中で、出たり入ったりしながら、彼女は見物している人を探した——ほら、道の向こう側に。彼は獅子踊りをじっと見ていた。彼の目は興奮できらきらしていた。彼女は躍起になって彼の方へ進んだ。

丁度その時、彼は向きを変えて、傍にいる女の人に何か言った。かがんで小さな子供を抱き上げながら二人が笑った。ジャスミンは凍り付いた。その女の人は白人だった。子供は黒い髪で、明るい褐色の顔色をしていた。驚きで、目を大きく開いて、獅子の滑稽な踊りを見ていた。笑うと、その顔がぱっと輝いた。ケーアンのように。けれど……。

ジャスミンは、混乱で胸が痛んだ。彼なのだろうか？　いや。この男は西洋の服装をしている。苦力の服ではなくって。そして、髪の毛は長かった。ケーアンだったら、辮髪を切りはしないだろう。それに彼は年を取り過ぎていた。もちろん彼は年を取っているだろうが。次の寅の年だと——もちろん、彼には顔にしわがあるだろうし、当然すらっとした身体は太っているだろう。そして、他にもあった。彼はとても自信に満ち、裕福そうだった。とても幸せそうだわ！　そして、この小さな子供とこの女の人――彼らは家族なのだろうか？

その子供が何か言って、舞を舞っている獅子を指さした。チラッとえくぼを見せて、その男の人が笑い、うなずいた。

「やっぱり、そうだわ！」

彼だとわかって、ジャスミンの心は揺れた。全く疑いはなかった。彼女は手を差し伸べ、やさしく肩に触れた。

「ケーアン」と彼女は言った。

「私、戻ってきたわ」

彼は子供を抱え直し、女の人の方を向き、空いた方の手で、霧を払うような仕草をした。その動作がまともに彼女をすり抜けたので、彼女は心臓が凍ったようになり、鼓動が小さく、かすかに震えるようになった。彼はもはや彼女が見えなかった。でも、それは何を意味しているのだろう？　もう信じてはいないというのだろうか？　彼は、ブライトジェイドや、白いひすいの虎に背を向けてしまったのだろうか？

彼が一度でも彼女の方を向いてくれたら。私がいることが分かるはずだわと彼女はひたすら思った。彼女はもう少し近づき、口を開きかけた。けれども、彼は背を向けてしまい、彼女の希望は砕けてしまった。陶器の虎が石の上で粉々になるように。

獅子の踊りが通りを過ぎると、群衆も散り始めた。賑やかにおしゃべりしていた集団は、それぞれの家やレストランへと去っていった。ケーアンと彼の家族は、他の人たちと一緒に流されるように行ってしまった。なすべもなく、ジャスミンは、彼らが行ってしまうのを立って見ていた。涙が流れ落ちていた。

何故か、気づいたら、彼女はフィスガード通りの裏の中庭にいて、新しく塗られたドアの前の、階段の一番上のところに立っていた。

「おはいり、ジャスミン」

彼女が部屋に入ると、ドラゴンメーカーが両手を握り、お辞儀をした。

「帰ってくると分かっていたよ」

「もっと早く帰ればよかったわ」

彼女はふたたび湧いてきた涙で喉を詰まらせながら言った。

「彼を失ってしまったの。そんなはずが……でも、一九八〇年なんてはずがないわ！」

「今年は確かに寅年じゃが、あの時の寅の年はずいぶん前になるな。今は新しい世紀なのじゃ。一九〇二年だよ」

彼はにっこりした。時は、時にあらずじゃ！

「一九〇二年ですって？」

彼女は唖然として、彼を見つめた。二十年も経ったなんて！　一生みたいなものだわ。どうりで何もかもが変わってしまったんだわ。

けれど、この部屋の中は何も変わっていなかった。彼女はドラゴンの様々な部位や、釉薬の入ったポットやブラシが、前と同じように棚やテーブルにごちゃごちゃとあるのを見た。

「彼のために虎を中に隠したんですか？　彼が言っていたんです……中国に帰るって。ブライトジェイドの墓にそれを戻すって」

「そうでなければ、神様がそれをなさったのだよ。ケーアンは中国には帰らなかった。ビクトリアに残って、商人のラム・フー・チョイのところで働いたのじゃ。鉄道の仕事が終わると苦力たちは、自分で暮らしの糧を探さねばならなかった。多くの者が物乞いや盗みをしたり、ゴミ箱をあさって、生き延びた。ケーアンは運がよかった。彼は賢く、役に立ち、よく働いた。もちろん彼の運は変わるかもしれん。だが、今では裕福になったのだ」

ドラゴンメーカーはパイプに火をつけた。

「彼は長い間お前が帰るのを待っておった。それから、彼の村から、母親が亡くなったことを知らせる手紙が届いた。だからもう急いで帰る必要はないと考えたのじゃ。しばらくここに留まってみようとな。それで彼は留まってお前を待ったのだよ。彼は父親の骨を送って、故郷に埋葬してもらった。だが彼は留まって待っておった。やがて、お前は一つの思い出となり、夢となった。もう一人のブライトジェイドになったのじゃ。ケーアンは黄金の山を受け入れ、新しい生活を始めたのだよ」

「でも、白いひすいの虎は？　彼の家族にかかった呪いはどうなるのですか？」

「彼は予言に背を向けたのだ。だから呪いは彼の後を、彼の子供たちの後を、そのまた子供たちの後をついて行くのだ。虎がふたたび眠りにつくまで」

彼は震えながら立ち上がり、ドラゴンで一杯になった籠の中を探しまわり、ようやく探し物を見つけた。

「お前はこれを取りに戻ったのじゃろ？」と言って、彼女のリュックサックを手渡した。

「ケーアンが、ここを出て行く時、それを欲しがったんじゃが。わしは、遅かれ早かれ、お前がこのドラゴンメーカーのところに戻ると分かっておった」

ジャスミンは急いで彼女のリュックの中を探った。中に、時計と一八八一年のコインが入ったままのライチーの封筒があった。そしてドラゴンが入っていた。

「あなたがこれを造ったんですか？」と彼女が尋ねた。

ドラゴンメーカーは青色の釉薬がかかったドラゴンを手で撫でた。

「これは、わしが一番最初に造ったものじゃ」と彼は言った。

「とても特別なものじゃ」

「その中に、サプライズを入れたんですか？」

彼の目がキラッと光った。

「ドラゴンの中にドラゴンがいる。だがお前が考えるような形ではないが。さて、わしは、これから新年の祝いのごちそうをいただくとしようか」

「だめ！　まだ行かないで！」

彼女は彼の後を走って追いかけた。

「あの小さな子供とあの女の人はどうなのですか？　知りたいんです。ケーアンは……私、分からないんです。まだ……」

彼はドアのところの、幸運の掛け軸と、消えかかっている戸の守り神のお札の間から彼女に顔を向けた。

「かわいいジャスミン、時は過ぎていくのだよ」と彼は寂しそうに微笑んだ。

「二年であろうと、二千年であろうと時は過ぎていくのじゃ。すでに書き記されているものを変えることはできん。過ぎ去ったものを変えることはできんのじゃよ。もし変えたら、その時は、お前自身を消し去ることになる。ケーアンは自分の過去に背を向け、新しい未来に向かった。そして、お前はお前の過去に戻って、未来に向かうのじゃ」

彼は優しく彼女の頰をたたいた。

「来てくれてありがとう。もう二度と会うことはないじゃろう。だが、お前は、たくさんの夢を輝かせた」

彼は背を向けて階段の下に消えた。

「待って！」

ジャスミンは叫んだ。リュックサックを摑んで、彼の消えていく姿を追いかけた。クリーニング店のロープの下を通り、草がはえて、荒れた線路の間を通り抜けて。

「待って！　私が夢だっていうの？　私は生きている人間なの？　全てがただの夢だったというの？　待って！」

彼女は、緩んだ煉瓦につまずいた。倒れないようにしようとふんばった時、バッグからドラゴンが滑り落ちた。次の瞬間、彼女はファンタンアレイに投げ出されていた。明るい、目を見張るような青色の陶器のかけらに囲まれて。

第二十二章

「それであなたのドラゴンの中にはなにも何もなかったの？　全く何にも？」

「これだけよ」

ジャスミンの花びらが詰められた小さなサッシュを、彼女はバルに手渡した。

「ちょっと驚きね」

「でも……それはあなたなのよ、分からない？　彼はあなたが来るって知っていたのよ」

「私は白いひすいの虎が見つかるんじゃないかと思ってたわ」

彼女は肩をすくめて、失望感を脇にやり、キルトを仕上げようと空き部屋に引っ込んだ。あと必要なものは他の明るい色とマッチするもっと暗い色の布地が一、二枚だけだった。それで、仕上がるのだ。

彼女は布の切れ端の束を探した。黄色、桃色、トルコブルー。暗い色はなかった。欲しいのは深くて暗い青色だった。苦力のジャケットの色のような。

そうだわ！　それこそ彼女のメモリーキルトにぴったりだった。服全部を切る必要はない。必要な時にはまた着ることができるように、切り取ったことが分からないところから、ほんの一マスでいいのだ。

彼女はそのジャケットを広げ、どこから切り取ったらよいか考えた。そこだわ。肩のすぐ下の、背中の裏地だ。

彼女は下にある綿のパッドを傷つけないように、四角形に一枚切り取った。切り離していると塊に触れた。

綿の塊だわ、と思った。何かのはずみで絡まったんだわ、もしかしたら、洗った時に。ちょっと待って……。

更に強く指で押した。間違いなかった。中に何かがあった。何か小さくて、硬いものが。パッドを切り開いてみると、その中に、赤いリボンがあった。幾重にも巻かれた……。

朝焼けが渓谷中を満たしていた。軌道の下に川が轟き、海へと流れていた。少年が一人、線路の端に座って、暗い色の青い綿のジャケットの上にかがみ込んでいた。彼はとても骨を折って、丁寧に小さな針目で縫っていた。その重ねた間にあるものを誰にも気づかれないように。そこなら、白いひすいの虎は、故郷に帰る時が来るまで、安全だろう。

まもなくジャスミンが帰ってくる。彼が隠した場所を見せたら、彼女はびっくりするだろう。そして彼女のくれた幸運のリボンでくるんだことを喜んでくれるだろう。

ギーギーという鳥の鳴き声に、彼は空を見上げた。丁度その時、川の上に霧が上って絹の雲のように渦巻き、朝の光の中に消えていくのが見えた。

ジャスミンは幻の光景が消えると虎を抱きしめた。今、彼女は理解したのだった。**あなたなのよ！**　叔母が、そう言っていたことを。そしてドラゴンメーカーの言葉を

――虎の中に虎がいる、だが、お前の考えるような形ではない。

彼女はキルトに最後の四角い布を縫い付け、一歩下がって、彼女の作品を眺めた。そのパターンは、どのようにそれを見るかによって変化した。けれど全ての思い出がそこにあった。明るいもの、暗いもの、それらが一緒になって全体を形作っていた。

彼女はその暗い、青い色の綿の布に指を走らせ、ニッコリした。ブライトジェイドの魂は、今こそ休息できるだろう。ドラゴンガールが、虎を故郷に連れ帰るのだから。

部分的年表

1858—最初の中国人がサンフランシスコから、ビクトリアに到着する
1873—ビクトリアに、反中国団体が出来る
1878—中国人を公職から締め出す法案が通る
—中国人に滞在のための許可証を買うことを要求する法案が通り、これがもとで、ビクトリアにいる中国人によるジェネラルストライキが起きる
1879—アンドリュー・オンダードンクが、フレイザー渓谷に、カナダ太平洋鉄道を建設する契約を結ぶ
1880—鉄道の建設が四月に始まる。九月に、中国人労働者が香港から到着する
1881—さらに大勢の中国人労働者が到着する
1882—中国人移民の数がピークに達する——サンフランシスコと香港から八千八十三人が入国
—九月二十八日——中国人労働者がスカッジーを引っ張り、ヘルズゲイトを

通す

1883　82～83年の冬―中国人の鉄道労働者の間で壊血病が広がる

—五月十日　リットン――CPRの建設現場での暴動で中国人が殺される

1884―鉄道建設の仕事が少なくなり、中国人の間で失業と飢餓が起きる

1885―カナダへ入国する中国人、一人に対し五十ドルの人頭税が課せられる

十一月七日Craigellachieで最後の鋲が打たれ、CPRの西と東が繋がる

1887―バンクーバーに最初の汽車が到着する

1901―中国人の人頭税が百ドルに上がる

1904―人頭税が五百ドルになる

1908―阿片の輸入、製造、販売が連邦政府によって禁止される

1923―排斥法案：中国人のカナダへの入国を禁止される

1947―中国人の妻と未婚の子供がカナダへの入国を許可される

1949―ブリティッシュコロンビア州の中国人に選挙権を与えられる

1967―中国人の移民は、他の国民と同じ基準での待遇となる

著者プロフィール

著者：ジュリー・ローソン

カナダの作家。子供や青少年向けの本を多数出版している。元小学校教師。執筆の傍ら、学校や図書館をまわり、本の読み方、書き方などの指導に力を入れている。*White Jade Tiger*〈白いひすいの虎〉（1993年）は、Sheila A Egoff Awardを受賞。

著書
No Safe Harbour（Hackmatack Award受賞） *A Ribbon of Shining Steel*
The Sand Sister *Kate's Castle* *A Blinding Light* 他多数

訳：川上 正子（かわかみ まさこ）

岐阜県立高等学校の英語教諭を退職後、カナダの大学（UBC）のGraduate Studies 教育課程を修了。

2019年迄岐阜県内の看護学校等で講師として勤務。

著書『体当たりカナダ留学』（2004年 文芸社）

白いひすいの虎

2024年1月15日 初版第1刷発行

著 者 ジュリー・ローソン
訳 川上 正子
発行者 瓜谷 綱延
発行所 株式会社文芸社
〒160-0022 東京都新宿区新宿1－10－1
電話 03-5369-3060（代表）
03-5369-2299（販売）

印 刷 株式会社文芸社
製本所 株式会社MOTOMURA

ISBN978-4-286-24647-5